CLÁSICOS

La metamorfosis
Franz Kafka

GRANTRAVESÍA

CLÁSICOS

La metamorfosis
Franz Kafka

Traducción de Ariel Magnus

GRANTRAVESÍA

LA METAMORFOSIS

Título original: *Die Verwandlung*

Autor: Franz Kafka

Traducción:
Ariel Magnus

**Concepto gráfico de la colección, dirección de arte
y diseño de portada:**
Carles Murillo

Ilustración de portada:
Jan Robert Dünnweller

D.R. © 2023, por la presente edición,
Editorial Océano de México, S.A. de C.V.
Guillermo Barroso 17-5, Col. Industrial Las Armas
Tlalnepantla de Baz, 54080, Estado de México
www.oceano.mx
www.grantravesia.com

Primera edición: 2023

ISBN: 978-607-557-606-0
Depósito legal: B 9563-2023

HECHO EN MÉXICO / *MADE IN MEXICO*
IMPRESO EN ESPAÑA / *PRINTED IN SPAIN*

9005745010523

I

Al despertar una mañana, tras unos sueños intranquilos, Gregor Samsa se encontró en su cama transformado en un bicho monstruoso. Estaba acostado sobre su espalda dura como un caparazón y, alzando un poco la cabeza, veía su panza abombada, marrón y dividida por unos endurecimientos en forma de arco, en cuya cima la frazada apenas lograba sostenerse y estaba a punto de resbalar hacia abajo por completo. Sus muchas patas, lastimosamente finas en comparación con el resto de su tamaño, vibraban desamparadas ante sus ojos.

"¿Qué me ha ocurrido?", pensó. No era un sueño. Su habitación, una auténtica habitación humana, sólo que un poco demasiado chica, seguía ahí, tranquila, entre las cuatro paredes bien conocidas. Sobre la mesa, arriba de la que estaba desplegado un muestrario de telas desempaquetadas —Samsa era viajante—, colgaba una imagen que había recortado hacía poco de una revista ilustrada y había puesto dentro de un bonito marco dorado. Mostraba a una dama con un sombrero y una boa de piel, sentada muy erguida y alzando hacia el observador un pesado manguito de piel en el que tenía hundido todo su antebrazo.

La mirada de Gregor pasó luego a la ventana y el clima nublado —se escuchaban golpear las gotas de lluvia contra el alféizar de la ventana— lo puso muy melancólico. "¿Qué tal si durmiera un poquito más y me olvidara de todas estas tonterías?", pensó, pero era algo del todo inviable, pues estaba acostumbrado a dormir sobre el lado derecho y en su estado actual no podía ponerse en esa postura. No importaba con cuánta fuerza se arrojase hacia la derecha, siempre volvía a balancearse hasta quedar nuevamente de espaldas. Probó como cien veces, cerrando los ojos para no tener que ver las patas pataleando, y sólo desistió cuando empezó a sentir de costado un leve dolor sordo que no había sentido nunca.

"¡Dios mío, qué oficio más agotador elegí! —pensó—. Día tras día de viaje. Los problemas de negocios son mucho más grandes en casa de uno que en un verdadero negocio, y además me impusieron esta molestia de viajar, la ansiedad por las combinaciones de tren, las comidas irregulares y malas, el contacto humano siempre cambiante, que nunca dura ni se vuelve afectuoso. ¡Al diablo con todo eso!". Sintió un ligero picor sobre la panza y se fue acercando lentamente de espaldas a la cabecera de la cama, a fin de poder alzar mejor la cabeza; encontró el lugar de la picazón, todo cubierto de unos pequeños puntitos blancos que no supo interpretar, pero cuando quiso tocar el sitio con una pata, la retiró enseguida, pues el roce le produjo escalofríos.

Volvió a deslizarse hacia la posición anterior. "Esto de levantarse temprano lo deja a uno completamente idiota —pensó—. El hombre debe dormir. Otros viajantes viven como mujeres de un harén. Cuando, por ejemplo, vuelvo al hostal en el correr de la mañana para pasar los pedidos conseguidos, los señores estos apenas están desayunando. Si yo intentara hacer lo mismo con mi jefe, volaría al instante. ¿Quién sabe si eso no sería algo muy bueno para mí, dicho sea de paso? Me contengo por mis padres, de lo contrario hace tiempo que hubiera renunciado. Me habría plantado ante el jefe y le habría dicho lo que pienso de todo corazón. ¡Se habría caído del escritorio! Es realmente extraño eso de sentarse sobre el escritorio y hablar desde las alturas con el empleado, que además tiene que ponerse bien cerca, debido a la sordera del jefe. Pero no pierdo del todo las esperanzas: una vez que haya reunido el dinero como para pagarle la deuda de mis padres —serán unos cinco o seis años más—, lo haré seguro. Ahí vendrá el gran punto y aparte. Entretanto, tengo que levantarme, que mi tren sale a las cinco".

Y miró el reloj que hacía tictac sobre el armario de enfrente. "¡Dios Santo!", pensó. Eran las seis y media, y las agujas avanzaban con calma, eran incluso las seis y media pasadas, acercándose a las siete menos cuarto. ¿Será que el despertador no ha sonado? Desde la cama se veía que estaba correctamente puesto a las cuatro, no había dudas de que también había sonado. Sí, pero ¿era posible quedarse tranquilamente dormido con ese sonido que hacía estremecer los muebles? O sea, bien no había dormido, pero tanto más profundo seguramente. ¿Qué debía hacer ahora? El próximo tren salía a las siete; para alcanzarlo hubiera tenido que apurarse a lo loco y el muestrario no estaba empaquetado aún, amén de que no se sentía muy despabilado ni ágil. Y aun si alcanzaba el tren, la reprimenda del jefe era inevitable, pues el cadete del negocio esperaba en el tren de las cinco y hacía rato que debía haber informado sobre su demora. Era un lacayo del jefe, sin agallas ni cabeza. ¿Y si decía que estaba enfermo? Pero eso hubiera sido sumamente degradante y sospechoso, ya que en los cinco años que llevaba de servicio Gregor no había estado enfermo ni una vez. El jefe vendría sin dudas con el médico laboral, les haría reproches a los padres por el hijo vago que tenían y cortaría todas las objeciones señalando al médico, para quien sólo existían personas completamente sanas con aversión al trabajo. ¿Y en este caso no hubiera tenido alguna razón? Porque más allá de una somnolencia de veras superflua después de haber dormido tanto, lo cierto es que Gregor se sentía muy bien y hasta tenía mucha hambre.

Mientras reflexionaba sobre estas cosas a toda velocidad, sin poder decidirse a dejar la cama —el despertador acababa de dar las siete menos cuarto—, golpearon con cuidado a la puerta que estaba a la cabecera.

—Gregor —se oyó (era su madre)—, son las siete menos cuarto. ¿No tenías que irte?

¡Qué voz más suave! Gregor se estremeció al escuchar la contestación de la propia, que era inconfundiblemente la de antes, pero en la que se mezclaba como desde el fondo un piar doloroso e irreprimible, que sólo en un primer momento dejaba que las palabras conservaran su claridad, por así decirlo, para luego destruirlas durante su resonancia, al punto de que no se sabía si uno había oído bien. Gregor hubiera querido contestar en detalle y explicarlo todo, pero ante esta circunstancia se limitó a decir:

—Sí, sí, gracias, madre, enseguida me levanto.

La puerta de madera no debió de haber permitido que el cambio en la voz se percibiera desde afuera, pues la madre se tranquilizó con esta aclaración y se alejó, arrastrando los pies. Pero el pequeño diálogo había advertido a los otros miembros de la familia de que, contra lo esperado, Gregor seguía en la casa, y ya el padre golpeaba una de las puertas laterales, débilmente, pero con el puño.

—Gregor, Gregor —exclamó—, ¿qué es lo que pasa? —y tras un breve momento le advirtió otra vez con voz más grave—: ¡Gregor, Gregor!

En la otra puerta lateral se lamentaba en voz baja la hermana:

—¿Gregor? ¿No te sientes bien? ¿Necesitas algo?

Gregor contestó hacia ambos lados que ya estaba listo, esforzándose por quitarle a su voz todo lo llamativo mediante una pronunciación esmerada y largas pausas entre cada palabra. El padre volvió a su desayuno, pero la hermana susurró:

—Gregor, abre, te lo suplico.

Gregor ni pensaba en abrir, antes bien elogió la precaución, adoptada de los viajes, de trabar todas las puertas durante la noche, aun estando en su casa.

Primero quería levantarse con calma y sin ser molestado, vestirse y ante todo desayunar, sólo después reflexionaría acerca del resto, porque advertía que en la cama la reflexión no lo llevaría a ninguna conclusión sensata. Recordaba haber sentido con frecuencia en la cama algún leve dolor, producido tal vez por una mala postura, que al levantarse se revelaba como ilusorio, y estaba ansioso por ver cómo poco a poco se iban disipando sus fantasías de hoy. No tenía la menor duda de que el cambio de voz no era otra cosa que el síntoma de un buen resfriado, enfermedad profesional de los viajantes.

Arrojar la frazada fue de lo más fácil; le bastó inflarse un poco y cayó por sí sola. Pero a partir de ese momento se hizo difícil, sobre todo por su extraordinaria anchura. Habría necesitado brazos y manos para ponerse derecho, pero en lugar de eso sólo tenía las muchas patitas, ocupadas de manera ininterrumpida con los movimientos más variados, que no lograba controlar. Si quería doblar una de ellas, lo primero que ocurría era que se estiraba, y si al fin conseguía hacer con esa pata lo que quería, las otras se agitaban como liberadas, presas de la exaltación más grande y dolorosa. "Lo importante es no quedarse acostado inútilmente", se dijo Gregor.

Lo primero que quería hacer era salir de la cama con la parte baja de su cuerpo, pero esta parte baja, que dicho sea de paso aún no había visto y de la que tampoco se podía hacer una idea cabal, se mostró como muy difícil de mover. Todo iba muy despacio. Cuando finalmente, casi enfurecido, se lanzó hacia delante con todas sus fuerzas y sin miramientos, había elegido mal la dirección y se pegó fuertemente contra la barra a los pies de la cama. El dolor punzante le enseñó que la parte baja de su cuerpo era, de momento, tal vez la más sensible.

Intentó entonces sacar primero el torso, para lo que giró con cuidado la cabeza en dirección al borde de la cama. Lo consiguió con facilidad y, pese a su anchura y a su peso, la masa corporal siguió el giro de la cabeza. Cuando al fin la cabeza colgaba en el aire fuera de la cama, le dio miedo seguir avanzando, pues si se dejaba caer de esa manera tenía que ocurrir un auténtico milagro para no lastimarse la cabeza. Y justo ahora no era el momento de perder el juicio, para eso prefería quedarse acostado.

Otra vez en la posición precedente, resoplando tras haber hecho un esfuerzo similar, vio que sus patitas luchaban aún más entre sí y que no encontraba la oportunidad de imponer la calma y el orden en ese capricho, por lo que se repitió que era inadmisible quedarse en la cama y que lo más sensato era sacrificarlo todo, si así existía la menor esperanza de liberarse de ella. Entretanto, no dejaba de recordarse que la reflexión serena y serenísima era mucho mejor que las decisiones desesperadas. En momentos como éste, dirigía los ojos con la mayor agudeza posible hacia la ventana, pero lastimosamente eran pocos la confianza y el ánimo que se podían extraer del panorama de niebla matinal que cubría hasta el otro lado de la estrecha calle. "Ya son las siete —se dijo, cuando el despertador volvió a dar la hora—, ya son las siete y todavía semejante niebla". Y por un ratito se quedó tranquilo y respirando débilmente, como a la espera de que a partir de la calma total retornaran las circunstancias verdaderas y naturales.

Luego se dijo: "Antes de que sean las siete y cuarto tengo que haber dejado la cama. Para entonces vendrá también alguien del negocio a preguntar por mí, ya que abre antes de las siete". Y empezó a balancear el cuerpo en toda su extensión y en completo equilibrio hacia fuera de la cama. Si se dejaba caer de esta manera, era de esperar que la cabeza, que pensaba alzar con ímpetu durante la caída, saliera ilesa. La espalda parecía ser dura, nada le pasaría por caer sobre la alfombra. Lo que más dudas le causaba era considerar el fuerte ruido que tendría que escucharse y que causaría, si no susto, al menos preocupación detrás de todas las puertas. Pero era un riesgo que había que correr.

Cuando Gregor ya asomaba a medias de la cama —el nuevo método era más un juego que un esfuerzo, sólo tenía que ir balanceándose a tirones—, se le ocurrió lo fácil que sería todo si vinieran a ayudarlo. Dos personas forzudas (pensó en su padre y en la criada) habrían sido más que suficiente; bastaba con que metieran sus brazos bajo el arco de su espalda para sacarlo de la cama, inclinarse luego con el peso y aguantar con cuidado a que completara la vuelta hacia el suelo, donde esperaba que las patitas al fin adquirieran sentido. Ahora bien, dejando de lado que todas las puertas estaban trabadas, ¿realmente debía pedir ayuda? Pese a todo el apuro, al pensar en esto no pudo reprimir una sonrisa.

Había llegado al punto en que balancearse con fuerza casi le impedía mantener el equilibrio y muy pronto tendría que tomar una decisión definitiva —en cinco minutos serían las siete y cuarto—, cuando tocaron el timbre de la casa. "Es alguien del negocio", se dijo y quedó casi helado, mientras que sus patitas bailaban con mayor rapidez aún. Por un momento todo permaneció en silencio. "No abren", se dijo Gregor, presa de alguna esperanza absurda. Pero por supuesto que la criada fue como siempre a paso firme hasta la puerta y abrió. A Gregor le bastó con oír el primer saludo del visitante para saber quién era: el apoderado en persona. ¿Por qué estaba Gregor condenado a prestar servicio en una empresa donde la menor negligencia enseguida daba lugar a las mayores sospechas? ¿Es que todos los empleados eran sin excepción unos canallas? ¿No había entre ellos ninguna persona fiel y leal que cuando pasaba un par de horas matutinas sin provecho para el negocio se volvía loco de remordimiento porque realmente no estaba en condiciones de abandonar la cama? ¿De verdad que no bastaba con mandar a un aprendiz a que preguntara, si es que era necesario andar preguntando? ¿Tenía que venir el apoderado en persona para mostrarle a toda la inocente familia que sólo a su capacidad de razonamiento se le podía confiar la investigación de esta circunstancia sospechosa? Por la exaltación que le provocaron estas reflexiones, más que como consecuencia de una decisión seria, Gregor se bamboleó con toda su energía hacia fuera de la cama. Se oyó un golpe fuerte, pero que no fue un verdadero ruido. La alfombra amortiguó un poco la caída, además de que la espalda era más elástica de lo que había imaginado, de ahí el sonido sordo y no tan llamativo. Sólo que la cabeza no la había sostenido con la suficiente cautela y se la había golpeado; la hizo girar y la frotó contra la alfombra, enojado y dolorido.

—Algo se cayó ahí dentro —dijo el apoderado en la habitación de la izquierda.

Gregor intentó imaginar si al apoderado no le hubiera podido ocurrir alguna vez algo parecido a lo que hoy le ocurría a él; al menos había que concederle la posibilidad. A modo de ruda respuesta a esta pregunta, el apoderado dio ahora un par de pasos decididos en la habitación contigua, haciendo crujir sus botas de charol. De la habitación de la derecha susurró la hermana, a fin de avisarle a Gregor:

—Gregor, está aquí el apoderado.

—Lo sé —dijo Gregor, aunque sin animarse a levantar la voz lo suficiente como para que lo pudiese oír la hermana.

—Gregor —dijo entonces el padre desde la izquierda—, ha venido el señor apoderado y pregunta por qué no te marchaste con el primer tren de la mañana. No sabemos qué decirle. Además, quiere hablar contigo en persona. Así que, por favor, abre la puerta. Él tendrá la amabilidad de disculpar el desorden en la habitación.

—Buen día, señor Samsa —intercedió el apoderado amablemente.

—No se siente bien —le dijo la madre al apoderado, mientras el padre seguía hablándole a la puerta—, no se siente bien, créame, señor apoderado. ¡Cómo, si no, iba a perderse Gregor un tren! El chico tiene la cabeza puesta en el negocio. Me enoja que casi nunca salga por las tardes; ahora estuvo ocho días en la ciudad, pero todas las tardes se quedó en casa. Se sienta con nosotros a la mesa en silencio y lee el periódico o estudia los horarios de los trenes. Para él es una distracción ocuparse en trabajos de marquetería. En dos o tres tardes talló un pequeño marco, se asombraría usted de lo bonito que es, está colgado adentro en la habitación; enseguida lo verá, cuando Gregor abra. Por lo demás, me alegra que esté usted aquí, señor apoderado, nosotros solos no hubiéramos podido convencer a Gregor de que abra la puerta, es tan testarudo... Seguro que no se siente bien, a pesar de que en la mañana lo haya negado.

—Ya voy —dijo Gregor despacio y circunspecto y sin moverse, para no perder ninguna palabra de las conversaciones.

—De otra manera no me lo puedo explicar —dijo el apoderado—. Esperemos que no sea nada serio. Aunque por otro lado debo decir que nosotros los hombres de negocios (por lástima o por suerte, como se prefiera) debemos con mucha frecuencia superar las ligeras indisposiciones por consideración a nuestro oficio.

—¿Puede entonces entrar el señor apoderado a tu cuarto? —preguntó el padre impaciente, golpeando otra vez la puerta.

—No —dijo Gregor.

En la habitación de la izquierda se oyó un silencio afligido, en la de la derecha la hermana empezó a sollozar.

¿Por qué no iba la hermana adonde estaban los otros? Seguro que acababa de levantarse de la cama y ni había empezado a cambiarse. ¿Y por qué lloraba? ¿Porque él no se levantaba y dejaba pasar al apoderado, porque estaba en peligro de perder el puesto y porque entonces el jefe volvería a perseguir a los padres con las viejas deudas? Ésas eran preocupaciones innecesarias de momento. Gregor aún estaba ahí y no pensaba para nada en abandonar a su familia. Es cierto que en ese instante yacía sobre la alfombra y que nadie que conociera su estado le habría exigido seriamente que dejara entrar al apoderado. Pero no podía ser despedido de inmediato por esta pequeña descortesía, para la que más tarde sería fácil encontrar una excusa adecuada. Y le parecía que hubiese sido mucho más sensato dejarlo ahora en paz, en vez de molestarlo con llantos y persuasiones. Era la incertidumbre lo que acuciaba a los otros, a la vez que disculpaba su conducta.

—Señor Samsa —exclamó entonces el apoderado, elevando la voz—, ¿qué es lo que ocurre? Se atrinchera ahí en su cuarto, responde apenas con sí o con no, les provoca a sus padres una inquietud grave e innecesaria y (dicho esto sólo de paso) falta usted a sus deberes laborales de un modo inaudito. Hablo en nombre de sus padres y de su jefe y le pido muy seriamente una explicación clara y urgente. Me asombra, me asombra. Creía conocerlo como una persona tranquila y sensata, y ahora parece querer empezar de pronto a hacer alarde de humores extraños. El jefe me insinuó hoy temprano una posible explicación para su tardanza (concerniente al cobro que se le confió hace poco), pero yo di casi mi palabra de honor de que esa explicación no podía ser la correcta. Sin embargo, ahora observo aquí su terquedad incomprensible y pierdo las ganas de interceder lo más mínimo en su favor. Y su posición no es en absoluto la más sólida. Mi intención original era decirle todo esto a solas, pero puesto que me hace perder mi tiempo aquí inútilmente, no veo por qué no deben enterarse también sus señores padres. Su rendimiento del último tiempo ha sido muy insatisfactorio; no será la época del año como para hacer grandes negocios, lo admitimos, pero una época del año para no hacer ninguno tampoco existe, señor Samsa, ni debe existir.

—Pero, señor apoderado —exclamó Gregor fuera de sí, olvidando todo lo otro en su exaltación—, le abriré enseguida, al instante. Un ligero malestar, un mareo me han impedido levantarme. Aún estoy en la cama. Pero ahora me siento otra vez como nuevo. Justo ahora estoy saliendo de la cama. ¡Sólo un segundito de paciencia! La cosa no va tan bien como pensaba. Pero ya me siento mejor. ¡Cómo puede una persona sufrir un ataque así! Ayer por la noche estaba de lo más bien, mis padres lo saben, o, mejor dicho, ayer por la noche ya tuve un pequeño presentimiento. Se me tendría que haber notado. ¡Por qué no habré avisado en el negocio! Es que uno siempre piensa que superará la enfermedad sin guardar cama. ¡Señor apoderado, sea bueno con mis padres! No hay razones para todos los reproches que me está haciendo, tampoco me habían dicho ni una palabra al respecto. Tal vez no ha visto usted los últimos encargos que envié. Por lo demás, salgo de viaje con el tren de las ocho, este par de horas de tranquilidad me han fortalecido. No se demore más, señor apoderado; enseguida estaré en persona en el negocio, tenga la bondad de comunicarlo y mandarle mis saludos al señor jefe.

Y mientras que Gregor soltaba esto a toda prisa, casi sin saber lo que estaba diciendo, se había acercado al armario con facilidad, seguro que a causa de la práctica que ya había adquirido sobre la cama, y ahora intentaba erguirse apoyándose en él. Realmente quería abrir la puerta, realmente quería hacerse ver y hablar con el apoderado, estaba ávido por saber lo que dirían al verlo los que tanto lo reclamaban. Si se asustaban, Gregor no tendría más responsabilidad y podría estar tranquilo. Si, en cambio, lo tomaban todo con tranquilidad, tampoco él tendría razones para inquietarse y, si se apuraba, podría estar efectivamente a las ocho en la estación. Primero patinó un par de veces contra el armario liso, pero al fin se dio un último empujón y quedó erguido; a los dolores en el vientre ya no les prestaba atención, por mucho que ardieran. Se dejó caer sobre el respaldo de una silla cercana, aferrándose a sus bordes con las patitas. Con esto alcanzó el dominio sobre sí mismo y enmudeció, pues ahora podía escuchar al apoderado.

—¿Han entendido alguna palabra? —le preguntó a los padres—. ¿No nos estará tomando el pelo?

—¡Por el amor de Dios! —gritó la madre ya entre lágrimas—. Tal vez esté gravemente enfermo y nosotros lo estamos torturando. ¡Grete, Grete!

—¿Madre? —gritó la hermana desde el otro lado.

Se comunicaban a través de la habitación de Gregor.

—Debes ir de inmediato al médico. Gregor está enfermo. Rápido al médico. ¿Lo has oído hablar?

—¡Era la voz de un animal! —dijo el apoderado, notoriamente bajito en comparación con los gritos de la madre.

—¡Anna, Anna! —gritó el padre a través de la antesala hacia la cocina, al tiempo que daba palmadas—. ¡Busque enseguida a un cerrajero!

Y ya se escuchó el frufrú de las faldas de ambas muchachas corriendo por la antesala —¿cómo es que la hermana se había vestido tan rápido?— para abrir la puerta de entrada. Ni siquiera se escuchó el sonido al cerrar, evidentemente porque la habían dejado abierta, como suele ocurrir en las casas donde ha ocurrido una gran desgracia.

Sin embargo, Gregor estaba mucho más tranquilo. De modo, pues, que no se le entendían las palabras, aun cuando a él le parecían claras, más claras que antes, tal vez porque el oído se había acostumbrado. Al menos se habían convencido ahora de que algo no estaba del todo en orden con él y parecían dispuestos a ayudarlo. La determinación y seguridad con que se habían tomado las primeras directivas le hicieron bien. Volvió a sentir que era parte de un círculo humano y esperaba de ambos, del médico y del cerrajero, sin diferenciarlos mucho en realidad, resultados grandiosos y sorprendentes. A fin de adquirir una voz lo más clara posible para las conversaciones decisivas que se aproximaban, se puso a toser un poco, aunque esforzándose por hacerlo de manera bien suave, porque era probable que hasta ese ruido sonara distinto a la tos humana, algo que ya no se animaba a determinar. En la habitación contigua reinaba entretanto un silencio absoluto. Quizá los padres estaban sentados a la mesa cuchicheando con el apoderado, quizás escuchaban todos pegados a la puerta.

Gregor se deslizó lentamente con el sillón hacia la puerta, lo dejó ahí, se arrojó hacia la puerta y, apoyándose en ella, se mantuvo erguido —los extremos de sus patitas tenían un poco de pegamento— y descansó por un rato del esfuerzo. Luego empezó con la boca a girar la llave en la cerradura. Lamentablemente parecía no tener verdaderos dientes —¿con qué iba a agarrar la llave?—, pero las mandíbulas eran muy fuertes y con su ayuda logró poner en movimiento la llave, aunque sin darse cuenta de que se estaba haciendo algún daño, pues de la boca le salió un líquido marrón que chorreó por la llave y goteó al suelo.

—Escuchen —dijo el apoderado en la habitación contigua—, está haciendo girar la llave.

Para Gregor esto fue un gran estímulo, pero todos deberían haberlo alentado, también el padre y la madre: "¡Fuerza, Gregor! —deberían haber gritado—. ¡Dale duro! ¡Duro con esa cerradura!" Imaginando que todos seguían sus esfuerzos con interés, mordió ciegamente la llave con toda la energía que pudo reunir. Daba la vuelta alrededor de la cerradura al ritmo que giraba la llave, sosteniéndose ahora exclusivamente con la boca, y según la necesidad del momento se colgaba de la llave o volvía a empujarla hacia dentro con todo el peso de su cuerpo. El sonido diáfano del pestillo al fin retrocediendo despertó a Gregor. Tomó aire y se dijo: "No necesité al cerrajero", y apoyó la cabeza contra el picaporte, a fin de abrir del todo la puerta.

Por la manera en que había tenido que abrirla, la puerta ya había quedado bastante entornada, pero a él no se lo veía aún. Tuvo primero que rodear una de las hojas con lentitud y mucho cuidado para no caer con todo el peso de espaldas en el umbral de la habitación. Estaba ocupado aún en ese difícil movimiento, sin tiempo de prestar atención a lo demás, cuando escuchó al apoderado lanzar un fuerte "¡Oh!" —sonó como cuando silba el viento— y vio también, pues era el que estaba más cerca de la puerta, que se llevaba la mano hacia la boca abierta y retrocedía despacio, como expulsado por el influjo uniforme de una fuerza invisible. La madre —que estaba ahí, pese a la presencia del apoderado, con los pelos revueltos y erizados de la noche— miró primero al padre, juntando las manos, avanzó luego dos pasos hacia Gregor y se desvaneció en medio de las faldas que se desplegaron a su alrededor, la cara hundida en el pecho hasta perderse de vista. El padre apretó el puño con gesto hostil, como queriendo empujar a Gregor de nuevo a su habitación, giró en la sala y miró dubitativo a su alrededor, se tapó los ojos con las manos y empezó a llorar de tal modo que el pecho se le sacudía.

Gregor ni ingresó a la sala, sino que se apoyó desde dentro contra la hoja de la puerta que estaba trabada, de modo que sólo quedara a la vista la mitad de su cuerpo y por encima, inclinada hacia un lado, la cabeza, con la cual oteaba a los otros. Entretanto había clareado mucho y del otro lado de la calle se distinguía a la perfección la silueta del edificio de enfrente, con su infinito frente gris oscuro —era un hospital— interrumpido abruptamente por las ventanas regulares. La lluvia seguía cayendo, pero con grandes gotas visibles por separado, casi como si fueran arrojadas contra la tierra una por una. Sobre la mesa estaba la opulenta vajilla del desayuno, pues para el padre el desayuno era la comida más importante del día y la dilataba durante horas con la lectura de diversos periódicos. Justo en la pared de enfrente colgaba una fotografía de Gregor de su época militar, en la que se lo veía como subteniente, con la mano en la espalda y una sonrisa despreocupada, reclamando respeto por su postura y su uniforme. La puerta que daba a la antesala estaba abierta, y como también lo estaba la puerta de entrada, se veía el vestíbulo de la casa y el principio de la escalera descendente.

—Pues bien —dijo Gregor, consciente de ser el único que había mantenido la calma—, enseguida me cambiaré, empaquetaré el muestrario y partiré. ¿Quieren ustedes, quieren dejarme partir? Ya ve, señor apoderado, que no soy cabeza dura y que trabajo con gusto; viajar es fatigoso, pero sin los viajes no podría vivir. ¿Adónde va, señor apoderado? Al negocio, ¿no es cierto? ¿Informará todo conforme a la verdad? Uno podrá estar transitoriamente incapacitado para trabajar, pero ése es el momento oportuno para recordar los logros anteriores y considerar que más tarde, una vez salvado el obstáculo, sin duda se trabajará con tanto mayor empeño y concentración. Mi compromiso con el señor jefe es enorme, ya lo sabe usted muy bien. Por otra parte, debo ocuparme de mis padres y de mi hermana. Ahora estoy en un aprieto, pero ya sabré librarme de él. ¡Tome partido por mí en el negocio! Al viajante no se lo quiere, ya lo sé. Se cree que gana un dineral a cambio de llevar una gran vida. Y no hay ningún motivo especial para examinar mejor este prejuicio. Pero usted, señor apoderado, usted tiene una visión de conjunto más amplia que la del resto del personal, una panorámica incluso mejor, dicho esto muy en confianza, que la del propio señor jefe, que como empresario duda de su juicio con facilidad, en desmedro de un empleado. También sabe usted que el viajante, que está casi todo el año fuera del negocio, puede muy rápidamente ser víctima de habladurías, casualidades y quejas infundadas, contra las que le resulta imposible defenderse, ya que por lo general ni se entera de ellas, y si lo hace es sólo cuando vuelve agotado de algún viaje y en su casa le hacen sentir en carne propia las graves consecuencias de las que ya no se pueden rastrear las causas. Señor apoderado, no se vaya sin haberme dicho una palabra que me demuestre que me da usted la razón, aunque no sea más que en una pequeña parte.

El apoderado se había dado la vuelta ante las primeras palabras de Gregor y lo miraba con la boca muy abierta por encima del hombro tembloroso. Durante el discurso no se había quedado ni un momento quieto, sino que, sin quitarle la vista a Gregor, se fue retirando hacia la puerta de modo bien paulatino, como si existiera una prohibición secreta de abandonar la habitación. Ya estaba en la antesala, y por el movimiento repentino con que sacó el pie por última vez se podría haber creído que acababa de quemarse la suela del zapato. En la antesala extendió lo más que pudo su mano derecha en dirección a la escalera, como si allí lo esperara una salvación casi sobrenatural.

Gregor se dio cuenta de que bajo ningún concepto podía dejar que el apoderado se fuera en ese estado de ánimo, si no quería que su puesto en el negocio corriera gravísimo peligro. Los padres no entendían nada de estas cosas; en los largos años precedentes, se habían convencido de que ese trabajo mantendría a Gregor de por vida, y ahora estaban tan inmersos en sus preocupaciones actuales que habían perdido toda previsión. Pero Gregor era previsor. Había que detener al apoderado, tranquilizarlo, convencerlo y, por último, conquistarlo. ¡De ello dependía el futuro de Gregor y de su familia! ¡Si hubiera estado presente la hermana! Ella era inteligente, ya había llorado cuando Gregor aún estaba acostado tranquilamente sobre su espalda. Seguro que el apoderado, un aficionado a las damas, se hubiera dejado conducir por ella. Ella habría cerrado la puerta de la casa y, en la antesala, le habría hecho perder su miedo. Pero lo cierto era que la hermana no se encontraba allí y el propio Gregor debía actuar. Sin pensar en que aún ni conocía su capacidad de movimiento actual, sin tampoco pensar en que era posible y aun probable que su discurso hubiese quedado incomprendido otra vez, dejó la hoja de la puerta, se deslizó por la abertura y quiso ir hacia el apoderado, que ya se había aferrado ridículamente con ambas manos a la baranda. Sin embargo, al buscar apoyo, Gregor cayó con un pequeño grito sobre sus muchas patitas. No bien ocurrió esto, sintió por primera vez en esa mañana un bienestar corporal. Las patitas estaban apoyadas sobre tierra firme y lo obedecían por completo, como comprobó con alegría. Hasta se mostraban deseosas de trasladarlo donde quisiera, por lo que creyó inminente la mejoría definitiva de todos sus padecimientos. Pero en el mismo momento en que se detuvo ahí, balanceándose por el movimiento contenido y no muy lejos de su madre, justo enfrente de donde ella yacía sobre el suelo, la madre, aunque parecía absolutamente ensimismada, se irguió de golpe con los brazos bien abiertos y los dedos desplegados y gritó: "¡Socorro, por el amor de Dios, socorro!", con la cabeza inclinada, como queriendo ver mejor a Gregor, para luego, por el contrario, correr alocada hacia atrás. Había olvidado que a sus espaldas estaba la mesa puesta y se apresuró a sentarse encima, como abstraída, sin darse cuenta, al parecer, de que la gran jarra volcada a su lado vertía café a raudales sobre la alfombra.

—Madre, madre —dijo Gregor en voz baja, alzando la vista hacia ella.

Por un momento se había olvidado por completo del apoderado; en cambio, al ver el café chorreando no pudo evitar mover la mandíbula varias veces en el vacío. Eso hizo que la madre volviera a gritar, huyera de la mesa y se lanzara en brazos del padre, que corrió a su encuentro. Pero Gregor no tenía tiempo para sus padres en ese momento; el apoderado se encontraba ya en la escalera y, apoyando el mentón contra la baranda, miraba por última vez hacia atrás. Gregor tomó carrera como para estar lo más seguro posible de alcanzarlo, pero el apoderado debió de haber intuido algo, porque saltó varios escalones y desapareció.

—¡Eh! —alcanzó aún a gritar, y su gritó resonó en todo el hueco de las escaleras.

Por desgracia, esta huida pareció desconcertar también al padre, que hasta entonces se había mantenido relativamente sereno, pues en lugar de ir tras el apoderado, o al menos no obstaculizar a Gregor en su persecución, tomó con la mano derecha el bastón del apoderado, que éste había abandonado sobre una silla junto al sombrero y el abrigo, agarró con la izquierda un periódico grande de la mesa y, dando pisotones contra el suelo, empezó a blandir el bastón y el periódico para que Gregor retrocediera hacia su cuarto. Las súplicas de Gregor no ayudaron, ni siquiera fueron comprendidas; por muy humildemente que girara la cabeza, el padre golpeaba aún más fuerte con los pies. Pese al frío, la madre había abierto una ventana al otro lado y, muy inclinada hacia fuera, se agarraba la cara con las manos. Entre la calle y las escaleras se formó una fuerte corriente de aire, las cortinas se alzaron, crujieron los periódicos sobre la mesa y algunas hojas sueltas ondearon sobre el suelo. Implacable, el padre lo apremiaba y siseaba, como enloquecido. Pero Gregor no tenía aún práctica en andar hacia atrás, por lo que iba muy despacio. Si al menos le hubiera estado permitido girar, habría estado en un instante en su habitación, pero temía impacientar al padre con la pérdida de tiempo que implicaba el giro y el bastón en su mano amenazaba a cada instante con descargar el golpe fatal sobre su espalda o su cabeza. Al final, no le quedó más opción que ésa, pues se dio cuenta, con espanto, de que en reversa no sabía ni cómo mantener el rumbo; echándole al padre asustadas miradas de soslayo, empezó entonces a girar lo más rápido posible, aunque en realidad lo hacía muy lentamente. Tal vez el padre notó su buena voluntad, pues en esto no lo molestó, incluso se puso a dirigir aquí y allí el movimiento de giro a distancia con la punta del bastón. ¡Si no hubiera sido por ese siseo insoportable que seguía emitiendo el padre! Eso fue lo que a Gregor le hizo perder la cabeza. Había girado casi del todo cuando, atento siempre al siseo, incluso se equivocó y giró un poco hacia el otro lado. Afortunadamente llegó con su cabeza a la puerta entreabierta, donde sin embargo quedó en evidencia que su cuerpo era demasiado ancho para atravesarla sin más. Claro que al padre, en el estado en el que estaba, no estuvo ni cerca de ocurrírsele abrir la otra hoja de la puerta, a fin de facilitarle a Gregor un espacio suficiente. Su idea fija era que Gregor debía entrar en su habitación lo más rápido posible. Jamás hubiera autorizado los complicados preparativos que precisaba su hijo para erguirse y quizá de ese modo atravesar la puerta. Hasta lo azuzaba haciendo más ruido, como si no quedaran obstáculos; detrás de Gregor sonaba algo que no parecía ya la voz de un único padre; se había acabado la diversión y tuvo que lanzarse contra la puerta, pasara lo que pasara. Un costado del cuerpo se alzó y él quedó torcido dentro del agujero de la puerta, con uno de los costados herido por las raspaduras y la puerta blanca horriblemente manchada, enseguida se vio atorado y ya no hubiera podido moverse por sí solo, pues las patitas de un lado temblaban arriba en el vacío y las del otro estaban dolorosamente aplastadas contra el suelo, ahí el padre le dio desde atrás un golpe ahora sí salvador, que lo hizo volar, sangrando profusamente, hasta bien adentro del cuarto. El bastón sirvió aun para cerrar la puerta, luego al fin se hizo silencio.

II

Hasta que no empezó a anochecer, Gregor no despertó de su pesado sueño, parecido a un desmayo. Sin duda habría despertado no mucho más tarde, aun sin que tuviera lugar ninguna molestia, pues se sentía suficientemente descansado, tras haber dormido a gusto, pero le pareció que lo habían despertado unos pasos rápidos y la puerta que conducía a la antesala cerrándose con suavidad. El resplandor de los faroles eléctricos de la calle se reflejaba pálidamente, aquí y allí, sobre el techo de la habitación y sobre la parte superior de los muebles, pero abajo, junto a Gregor, estaba oscuro. Se deslizó con lentitud hacia la puerta, tanteando aún torpemente con sus antenas, que sólo ahora empezaba a valorar, a fin de ver qué había pasado allí. Su lado izquierdo parecía una única cicatriz, larga y desagradablemente tensa, y se vio obligado a renguear sobre sus dos hileras de patas. Por cierto, una piernita había resultado herida de gravedad en el curso de los incidentes de la mañana —era casi un milagro que se hubiera herido una sola— y se arrastraba inanimada.

Una vez en la puerta, descubrió qué era lo que lo había atraído hasta allí: el aroma de algo comestible. Pues había ahí un plato con leche endulzada, en la que nadaban pequeños trozos de pan blanco. La alegría que sintió casi que lo hizo reír, pues tenía más hambre aún que en la mañana, y enseguida sumergió su cabeza dentro de la leche hasta casi por encima de los ojos. Sin embargo, pronto volvió a retirarla decepcionado; comer se le dificultaba, debido a su delicado costado izquierdo —sólo podía comer si el cuerpo entero se abocaba, resoplando, a la tarea—, y, además, no le gustaba nada la leche, que antes era su bebida favorita, seguro que por eso su hermana había entrado a dejársela; más aún, se retiró casi asqueado del plato y se arrastró otra vez hacia el centro de la habitación.

A través del resquicio de la puerta, Gregor vio que en la sala estaba el gas encendido, pero mientras que a esta hora del día el padre solía leerles en voz alta su periódico vespertino a la madre y a veces también a la hermana, ahora no se oía ningún sonido. Quizás esta lectura, de la que su hermana siempre le contaba y escribía, había quedado en desuso en los últimos tiempos. Pero también alrededor reinaba el silencio, a pesar de que era indudable que la casa no estaba vacía. "Qué vida más tranquila llevaba la familia", se dijo Gregor y, mirando fijamente hacia la oscuridad, sintió un gran orgullo por haber podido procurarles a sus padres y a su hermana una vida en una vivienda tan bella. ¿Y si ahora toda la tranquilidad, todo el bienestar y toda la satisfacción tenían un final de terror? Para no perderse en este tipo de reflexiones, Gregor prefirió ponerse en movimiento, arrastrándose de un lado al otro.

Durante la larga tarde, se abrió una pequeña rendija primero en una de las puertas laterales y más tarde en la otra, para enseguida cerrarse de nuevo; alguien debía tener la necesidad de entrar, a la vez que demasiados reparos. Gregor se detuvo justo ante la puerta de la sala, decidido a hacer ingresar de alguna forma al visitante que vacilaba o al menos averiguar quién era, pero desde entonces no volvieron a abrir y Gregor aguardó en vano. Más temprano, cuando las puertas estaban cerradas con llave, todos querían entrar a su habitación, mientras que ahora que él había abierto una de las puertas y que las otras habían sido abiertas durante el día, no ingresaba nadie, aparte de que habían puesto las llaves desde afuera.

Ya entrada la noche, apagaron la luz de la sala, y entonces fue fácil comprobar que los padres y la hermana se habían quedado todo ese tiempo despiertos, pues se oyó alejarse a los tres de puntillas. Gregor podía estar seguro de que nadie volvería hasta la mañana y que por lo tanto tenía un largo tiempo para reflexionar sin molestias acerca de cómo reordenar su vida. La habitación alta y espaciosa en la que estaba obligado a permanecer pegado al piso le daba miedo, sin que él pudiera descubrir el motivo, pues se trataba del cuarto que habitaba desde hacía cinco años. Con un giro a medias inconsciente y no sin una ligera vergüenza, se apresuró a meterse debajo del canapé, donde enseguida se sintió muy cómodo, pese a que la espalda le apretaba un poco y ya no podía levantar la cabeza. Sólo lamentaba que su cuerpo fuera demasiado ancho como para caber entero bajo el mueble.

Ahí se quedó la noche entera, que pasó en parte semidormido, pues el hambre lo hacía despertarse sobresaltado una y otra vez, pero en parte también porque estaba preocupado y con esperanzas difusas, todas las cuales llevaban a la conclusión de que por el momento debía mantener la calma y, con paciencia y la mayor de las consideraciones, hacer tolerables para la familia las molestias que se veía obligado a ocasionarle en su estado actual.

Temprano en la mañana —casi era de noche aún— Gregor tuvo oportunidad de probar la repercusión de las decisiones que acababa de tomar, pues desde la antesala abrió la puerta la hermana, prácticamente vestida, y miró hacia dentro con interés. No lo encontró enseguida, pero al percibirlo bajo el canapé —por Dios, en algún lugar debía estar, no podía irse volando— se asustó tanto que, sin poder dominarse, volvió a cerrar la puerta desde afuera. Pero arrepintiéndose al parecer de su comportamiento, enseguida abrió de nuevo la puerta y entró de puntillas, como si lo hiciera en la habitación de un enfermo grave o un desconocido. Gregor había deslizado su cabeza hasta casi el borde del canapé y la observaba. ¿Se daría cuenta de que había dejado la leche y no por falta de hambre? ¿Le traería otra comida que le sentara mejor? Si no lo hacía por sí sola, prefería morir de hambre que hacérselo notar, por más de que le urgiera salir disparado del canapé, echarse a los pies de la hermana y pedirle alguna cosa buena para comer. La hermana notó con asombro el plato aún lleno, del que apenas se había volcado un poco de leche alrededor, lo alzó enseguida, aunque no con las manos limpias sino con unos trapos, y se lo llevó afuera. A Gregor le daba mucha curiosidad lo que traería a cambio y empezó a pensar en las cosas más diversas. Pero nunca hubiera adivinado lo que hizo su hermana en su bondad. A fin de probar su gusto, le trajo toda una selección, desplegada sobre un viejo periódico. Había ahí viejas verduras medio podridas, huesos de la cena rodeados de una salsa cuajada de color blanco, un par de pasas y de almendras, un queso que dos días atrás Gregor había declarado incomible, un pan seco, un pan untado con mantequilla y otro con mantequilla y sal. Además, junto a todo esto colocó el que probablemente era el plato que le correspondería a Gregor desde entonces, dentro del que había vertido agua. Por delicadeza, pues sabía que Gregor no comería delante de ella, se alejó a toda prisa y hasta hizo girar la llave, a fin de que Gregor notase que podía ponerse tan cómodo como quisiera. Las patitas de Gregor zumbaron al ir ahora hacia la comida. También sus heridas debían de haber sanado por completo, pues ya no sentía ningún impedimento; sorprendido por ello, pensó en que hacía más de un mes se había cortado un poco el dedo con un cuchillo y que todavía anteayer la herida le seguía doliendo bastante. "¿Tendré ahora menos sensibilidad?", pensó mientras lamía ávido el queso, hacia el que se sintió atraído enseguida antes que a lo demás. Devoró el queso, la verdura y la salsa, uno detrás del otro, a toda velocidad y con lágrimas de satisfacción en los ojos; en cambio, los alimentos frescos le disgustaban, no podía ni tolerar su olor, y arrastró un poquito más lejos las cosas que quería comer. Hacía rato que había terminado todo y holgazaneaba en el mismo sitio cuando la hermana giró la llave lentamente, como señal de que debía retirarse. Eso lo sobresaltó de inmediato, aun cuando ya estaba casi dormitando, y se metió rápido bajo el canapé. Pero le costó un gran esfuerzo de voluntad permanecer allí durante el breve tiempo que la hermana estuvo en la habitación, pues la abundante comida había redondeado un poco su cuerpo y apenas si podía respirar en ese estrecho espacio. Sufriendo pequeños ataques de ahogo y con los ojos algo hinchados vio que la hermana, sin sospechar nada, barría con una escoba no sólo las sobras, sino también los alimentos que Gregor ni había tocado, como si tampoco tuvieran ya utilidad, y la vio tirar todo apresuradamente en un cubo que cerró con una tapa de madera, después de lo cual se llevó las cosas hacia fuera. No había terminado de darse la vuelta cuando Gregor ya había salido del canapé, se estiraba y soltaba flatulencias.

De este modo, Gregor recibía su comida a diario, una vez por la mañana, cuando los padres y la criada aún dormían, la segunda vez tras el almuerzo conjunto, ya que después los padres volvían a dormir un ratito y la hermana mandaba a la criada a hacer alguna compra. Tampoco ellos querían que Gregor muriera de hambre, pero quizá no hubieran podido soportar saber de su alimentación más que de oídas, quizá la hermana quería ahorrarles una pena, aunque fuera sólo pequeña, pues ya sufrían bastante.

Gregor no pudo averiguar con qué excusa habían sacado del departamento aquella mañana al médico y al cerrajero. Como no lo entendían, nadie pensó, tampoco la hermana, que él podía entender al resto, de ahí que cuando la hermana estaba en su habitación debía conformarse con oír de vez en cuando sus suspiros y la invocación de los santos. Sólo más tarde, cuando se acostumbraron un poco a todo —por supuesto que hacerlo del todo quedaba descartado de antemano—, Gregor pescaba a veces un comentario que intentaba ser amistoso o podía ser interpretado como tal. "Hoy realmente le gustó", decía ella cuando Gregor se había acabado con esmero la comida, mientras que, en el caso opuesto, que se fue repitiendo cada vez con mayor frecuencia, solía decir casi con tristeza: "Otra vez lo dejó todo".

Aunque no podía enterarse de las novedades de manera directa, Gregor escuchaba algunas cosas desde las habitaciones contiguas; cuando de pronto oía voces, corría a la puerta correspondiente y se apretaba contra ella con el cuerpo entero. En los primeros tiempos no había conversación que no tratara de alguna manera sobre él, aunque fuera en secreto. Dos días seguidos se pudieron oír en todas las comidas deliberaciones acerca de cómo debían comportarse ahora, pero también entre las comidas se hablaba del mismo tema, pues siempre había al menos dos miembros de la familia en casa, debido a que nadie parecía querer quedarse solo allí y en ningún caso se podía dejar la casa sin gente. También la criada —de la que no estaba del todo claro qué y cuánto sabía sobre lo sucedido— le rogó de rodillas a la madre, desde el primer día, que la echara de inmediato, y al marcharse un cuarto de hora más tarde agradeció el despido entre lágrimas, como si fuera el mayor acto de caridad que se le hubiera dispensado, y prestó el profundo juramento, sin que se lo pidieran, de no revelarle nada a nadie.

La hermana debía ahora cocinar junto a la madre, algo que de todos modos no requería gran esfuerzo, ya que no comían casi nada. Una y otra vez escuchaba Gregor cómo se instaban mutuamente a comer, aunque en vano, pues no recibían más respuesta que "Gracias, ya tengo suficiente", o algo parecido. Tal vez tampoco bebían nada. A menudo la hermana le preguntaba al padre si quería cerveza, ofreciéndose gentilmente a ir a buscarla, y ante el silencio del padre le decía, para inhibir cualquier reparo, que también podía enviar a la portera, pero entonces el padre terminaba pronunciando un gran "No" y no se hablaba más del tema.

Durante el transcurso del primer día, el padre les expuso tanto a la madre como a la hermana toda la situación patrimonial y las perspectivas. Cada tanto se levantaba de la mesa y buscaba algún comprobante o cuaderno de notas de la pequeña caja fuerte marca Wertheim que había salvado de su negocio tras la quiebra, hacía cinco años. Se le oía abrir la complicada cerradura y cerrarla tras extraer lo buscado. Estas explicaciones del padre fueron la primera cosa agradable que alcanzó a escuchar Gregor desde su cautiverio. Creía que al padre no le había quedado lo más mínimo de aquel negocio, al menos él no le había dicho nada que permitiera pensar lo contrario, aunque lo cierto es que Gregor tampoco le había hecho preguntas al respecto. La preocupación de Gregor en aquel momento había sido hacer lo necesario para que la familia olvidase lo más rápido posible la desgracia comercial que había sumido a todos en la más completa desesperación. Empezó a trabajar con marcado ahínco, pasando casi de la noche a la mañana de ser un pequeño dependiente a ser un viajante de comercio, que por supuesto contaba con posibilidades muy diferentes de ganar dinero, y cuyos éxitos laborales se transformaban de inmediato, por medio de las comisiones, en dinero contante y sonante que podía depositarse sobre la mesa ante el asombro y el deleite de la familia. Bellos tiempos aquellos, que nunca volvieron a repetirse, no al menos con aquel brillo, aun cuando más tarde Gregor ganaba tanto dinero que estaba en condiciones de cargar con los gastos de toda la familia, cosa que también hacía.

Se habían acostumbrado a eso, tanto la familia como el propio Gregor; ellos recibían el dinero con agradecimiento y él lo entregaba con gusto, pero no se producía ningún fervor especial. Sólo a la hermana seguía sintiéndola cercana y por eso —atento a que ella, a diferencia de él, disfrutaba mucho de la música y sabía tocar conmovedoramente bien el violín—, su plan secreto era enviarla el año siguiente al conservatorio, sin considerar los grandes gastos que ocasionaría eso y que él ya cubriría de alguna manera. Durante las breves estadías de Gregor en la ciudad, se solía mencionar el conservatorio en las charlas con la hermana, aunque siempre como un sueño bonito que resultaba impensable cumplir y cuya sola mención inocente los padres escuchaban con disgusto; pero Gregor pensaba con determinación en ello y tenía la intención de declararlo solemnemente la noche de navidad.

Estos pensamientos, del todo inútiles en su estado actual, cruzaban por su cabeza mientras escuchaba erguido y pegado a la puerta. A veces el sueño no le permitía seguir escuchando y dejaba que su cabeza golpeara descuidadamente contra la puerta, aunque enseguida la volvía a mantener firme, pues incluso ese pequeño ruido se escuchaba al otro lado y hacía enmudecer a todos. "¿Qué estará haciendo ahora otra vez?", decía el padre tras un rato, vuelto a todas luces hacia la puerta, y sólo más tarde retomaban poco a poco la conversación interrumpida.

Puesto que el padre solía repetir sus explicaciones, en parte porque hacía tiempo que no se ocupaba de estas cosas, en parte también porque la madre no entendía todo de buenas a primeras, Gregor se enteró con creces de que pese a todas las desgracias aún quedaba de los viejos tiempos una muy pequeña fortuna, a la que los intereses no tocados en el ínterin habían hecho aumentar un poco. Además de eso, el dinero que Gregor había traído cada mes (para sí mismo no había retenido más que un par de florines) no se había consumido por completo y terminó conformando un pequeño capital. Detrás de su puerta, Gregor asentía con ahínco, contento por esta previsión y este ahorro inesperados. Claro que con este dinero sobrante hubieran podido seguir liquidando la deuda del padre con su jefe y entonces el día de deshacerse de su puesto habría estado mucho más cerca para Gregor, pero ahora era sin duda mucho mejor así como lo había organizado el padre.

Este dinero igual no bastaba de ninguna manera para que la familia pudiera vivir, por ejemplo, de los intereses; alcanzaba para mantenerla un año, dos a lo sumo, más no. Se trataba, por lo tanto, de una suma que no había que gastar, sino reservarla para casos de urgencia; el dinero para vivir había que ganárselo. El padre era un hombre sano, pero viejo, que no había trabajado en los últimos cinco años y que en todo caso no podía exigirse demasiado; en ese lustro, las primeras vacaciones de una vida esforzada, aunque no exitosa, había echado carnes en abundancia y eso lo había vuelto muy lento. ¿Debía acaso salir a ganar dinero la anciana madre que sufría de asma, a la que un paseo por el departamento ya le significaba un esfuerzo y que se pasaba un día sí y un día no con problemas respiratorios tirada en el sofá junto a la ventana abierta? ¿Y debía hacerlo la hermana, que aún era una niña con sus diecisiete años, a la que sólo se podía desear el tipo de vida que había llevado hasta el momento, que consistía en vestirse bien, dormir largo y tendido, ayudar en las tareas del hogar, participar de algunas modestas diversiones y, ante todo, tocar el violín? Cuando las conversaciones recaían en esta necesidad de ganar dinero, Gregor soltaba la puerta y se arrojaba sobre el fresco sofá de cuero que estaba al lado, ardiendo de vergüenza y tristeza.

A menudo permanecía allí largas noches sin dormir ni un instante, arañando el cuero durante horas. O no rehuía el gran esfuerzo de trasladar una silla hasta la ventana para luego subirse a rastras a su pretil y, apoyado en la silla, asomarse a mirar por la ventana, una reminiscencia, al parecer, de lo liberador que le resultaba eso antaño. Porque lo cierto es que día a día veía de manera cada vez más difusa hasta las cosas cercanas; el hospital de enfrente, cuya repetida visión antes maldecía, ahora ya ni llegaba a verlo, y si no hubiera sabido que vivía en la tranquila, pero muy urbana Charlottenstrasse, podría haber creído contemplar desde su ventana un desierto en el que el cielo gris y la tierra gris se unían de manera indistinguible. Apenas dos veces necesitó ver la atenta hermana que la silla se hallaba junto a la ventana doble para volver a ponerla junto a ella cada vez que ordenaba el cuarto, y a partir de entonces hasta empezó a dejar abierta la hoja interna.

De haber podido hablar con la hermana para agradecerle todo lo que tenía que hacer por él, Gregor hubiera soportado sus servicios con mayor facilidad; así, los sufría. La hermana intentaba disimular lo embarazoso de todo el asunto, y lo cierto es que cuanto más tiempo pasaba mejor le salía, pero con el tiempo también Gregor entreveía el panorama con mayor nitidez. Su solo ingreso le resultaba espantoso. No bien entraba, sin siquiera tomarse el tiempo para cerrar la puerta, por mucho que se cuidara de ahorrarle a todos la visión del cuarto de Gregor, iba directo hacia la ventana y la abría de par en par con manos presurosas, casi como si se estuviera ahogando, y allí se quedaba un ratito respirando hondo, incluso cuando hacía mucho frío. Dos veces al día asustaba con estos correteos y ruidos a Gregor, que pasaba todo el tiempo temblando bajo el canapé, aunque sabía muy bien que ella se lo hubiera ahorrado de haber podido permanecer con las ventanas cerradas dentro de una habitación en la que también estaba Gregor.

Una vez, cuando había pasado un mes desde la transformación de Gregor y la hermana no tenía ninguna razón especial para que su aspecto le causara asombro alguno, vino un poco más temprano que de costumbre y se encontró a Gregor mirando por la ventana, inmóvil y parado ahí como para provocar un susto. A Gregor no le hubiera parecido algo inesperado si ella no entraba, dado que su posición le impedía abrir de inmediato la ventana, pero ella no sólo no entró, sino que incluso se marchó y cerró la puerta; un extraño podría haber pensado que Gregor la estaba acechando y quería morderla. Por supuesto que enseguida se escondió bajo el canapé, pero tuvo que esperar hasta el mediodía antes de que volviera la hermana, que parecía mucho más inquieta que en otras ocasiones. Dedujo de eso que aún le resultaba intolerable verlo y que iba a seguir siendo así, por lo que seguramente hacía un gran esfuerzo para no salir corriendo al contemplar tan sólo esa pequeña parte de su cuerpo que sobresalía desde abajo del mueble. Para ahorrarle incluso ese espectáculo, cargó un día sobre su espalda la sábana sobre el canapé —precisó cuatro horas para este trabajo— y la dispuso de tal forma que ahora quedaba cubierto por completo y la hermana no podía verlo ni siquiera agachándose. Si para ella la sábana no hubiera sido necesaria, la podría haber retirado, pues era evidente que no podía ser del gusto de Gregor acuartelarse de esa manera, pero ella dejó la sábana tal como estaba y Gregor creyó incluso captar una mirada agradecida una vez en que cautelosamente la alzó un poco con la cabeza para ver cómo se tomaba la hermana la novedad.

En los primeros catorce días, los padres no se atrevieron a entrar a su habitación, y él los escuchó con frecuencia reconocer el trabajo de la hermana, cuando hasta entonces siempre se habían quejado de ella, por parecerles una muchacha algo inútil. Ahora el padre y la madre solían esperar delante de la habitación de Gregor mientras que la hermana ordenaba dentro y no bien salía debía contar con todo detalle cómo estaba el cuarto, qué había comido Gregor, cómo se había comportado esta vez y si acaso se percibía alguna pequeña mejora. La madre había querido visitar a Gregor relativamente pronto, pero el padre y la hermana la retuvieron, al principio con argumentos racionales que Gregor escuchaba con mucha atención y aprobaba por completo. Más tarde hubo que retenerla a la fuerza, y cuando exclamaba: "¡Déjenme ver a Gregor, es mi pobre hijo! ¿No se dan cuenta de que debo ir con él?", entonces Gregor pensaba que quizá fuera bueno que la madre ingresara, no todos los días, se sobreentiende, pero quizás una vez por semana; ella entendía todo mucho mejor que la hermana, que pese a su valentía sólo era una niña y en el fondo tal vez había asumido una tarea tan pesada por ligereza infantil.

El deseo de Gregor de ver a su madre se cumplió al poco tiempo. Por consideración hacia sus padres, Gregor no quería dejarse ver en la ventana durante el día, pero tampoco podía arrastrarse demasiado por el par de metros cuadrados de suelo, estarse tranquilamente acostado le significaba un esfuerzo incluso de noche, comer dejó de causarle la menor satisfacción y para distraerse adquirió la costumbre de andar de un lado al otro de las paredes y el cielorraso. Lo que más le gustaba era quedarse colgado del techo, algo completamente distinto a estar sobre el suelo, se respiraba con mayor libertad, una ligera oscilación atravesaba el cuerpo, y en la casi alegre dispersión en la que se hallaba allí arriba podía ocurrir que, para su propia sorpresa, se soltase y cayera con un chasquido contra el suelo. Claro que ahora tenía un dominio de su cuerpo distinto que antes y no se lastimaba ni tras una caída tan pronunciada. La hermana notó enseguida el nuevo entretenimiento que había descubierto Gregor —dejaba aquí y allí huellas de su pegamento al desplazarse— y se puso en la cabeza facilitarle los desplazamientos sacando los muebles que se los impedían, ante todo el armario y el escritorio. Ahora bien, ella no estaba en condiciones de hacer esto por sí sola. No se atrevió a pedirle ayuda al padre y la criada no la hubiera asistido, pues esa muchacha de unos dieciséis años, si bien aguantaba con valentía desde el despido de la cocinera anterior, había solicitado la prerrogativa de que se le permitiese mantener la cocina todo el tiempo cerrada y sólo tener que abrirla cuando se lo pidieran especialmente. De modo que no le quedó más opción que aprovechar una vez la ausencia del padre para buscar a la madre. Ésta se acercó exaltada dando gritos de alegría, pero enmudeció frente a la puerta de la habitación. Primero la hermana miró si todo estaba en orden, sólo después la dejó entrar. Gregor se había apresurado a colocar la sábana más abajo y más plegada, realmente parecía que la habían arrojado por casualidad sobre el canapé. Esta vez se abstuvo de espiar desde abajo y desistió de mirar a la madre, contentándose con que al fin hubiera venido.

—Entra ya, no se lo ve —dijo la hermana, guiándola evidentemente de la mano.

Gregor escuchó luego que las dos débiles mujeres corrían de su lugar el armario viejo y pesado, con la hermana asumiendo siempre la mayor parte del trabajo, sin prestar oídos a las advertencias de la madre, que temía que se exigiera demasiado. Duró mucho tiempo. Bien pasados quince minutos de trabajo, la madre dijo que mejor era dejar el armario allí, primero porque era demasiado pesado y no terminarían el trabajo antes del arribo del padre, bloqueándole a Gregor cualquier camino si lo dejaban en medio de la habitación, y en segundo lugar porque no era seguro que le estuvieran haciendo un favor al retirar el mueble. A ella le parecía que era el caso contrario, puesto que la vista de la pared vacía le oprimía el corazón, y por qué no iba a tener Gregor una sensación similar, si hacía tiempo que estaba acostumbrado a esos muebles y por lo tanto se sentiría abandonado en la habitación vacía. Luego concluyó bien bajito, aunque de todas formas hablaba todo el tiempo casi en un susurro, como si quisiera que Gregor, cuyo refugio exacto desconocía, no escuchara siquiera el sonido de su voz, pues descartaba que no entendiera las palabras:

—¿Y no será que al sacar los muebles le demostramos que renunciamos a cualquier esperanza de restablecimiento y lo abandonamos inescrupulosamente a su suerte? Creo que lo mejor sería que intentemos dejar la habitación en el estado en el que estaba antes, de modo que cuando Gregor vuelva con nosotros encuentre todo igual y le resulte mucho más fácil olvidar el tiempo que pasó.

Al oír estas palabras de la madre, Gregor reconoció que la carencia de todo tipo de discurso humano directo, combinada con la vida monótona en medio de la familia, debía haberle confundido su propio juicio en el transcurso de estos dos meses, pues de otro modo no podía explicarse que él hubiera podido desear seriamente que le vaciaran su dormitorio. ¿De verdad tenía ganas de dejar que la habitación cálida, acogedoramente equipada con muebles heredados, se convirtiera en una cueva donde pudiera deslizarse sin obstáculos en todas las direcciones, de acuerdo, pero al precio de olvidar rápidamente y por completo su pasado humano? Ya estaba cerca de olvidarlo ahora, y sólo lo había sacudido la voz de la madre, que no oía hacía mucho. No había que sacar nada, todo debía quedarse, no podía prescindir de las buenas influencias de los muebles sobre su estado; y si los muebles le obstaculizaban su insensato ir y venir, pues no era un perjuicio, sino una gran ventaja.

Lamentablemente, la hermana tenía otra opinión; se había acostumbrado, no sin razón, a presentarse frente a los padres como experta cuando se discutía sobre asuntos de Gregor, y también ahora el consejo de la madre fue motivo suficiente para que insistiese en que había que retirar no sólo el armario y el escritorio, los únicos en los que había pensado al principio, sino todos los muebles, con excepción del imprescindible canapé. Esta exigencia no nacía de un capricho infantil, y de la confianza que había adquirido de manera tan inesperada y con tantas dificultades en el último tiempo, sino de haber observado que Gregor precisaba mucho espacio para sus desplazamientos y, hasta donde podía apreciarse, no usaba para nada los muebles. Tal vez desempeñara un papel la sensibilidad exaltada de las chicas de su edad, que buscan en cada oportunidad su satisfacción, y que ahora tentó a Grete a querer que la situación de Gregor fuera aún más atemorizadora, para así poder prestarle mayores servicios que hasta el momento. En un cuarto donde Gregor dominara en completa soledad las paredes desnudas, jamás se atrevería a entrar ninguna persona que no fuera Grete.

De ahí que no se dejara desviar de sus decisiones por la madre, que de pura inquietud parecía insegura también en esta habitación y enseguida guardó silencio, limitándose a ayudar a la hermana a sacar el armario en la medida de sus fuerzas. Ahora bien, Gregor podía prescindir del armario, en caso de necesidad, pero el escritorio debía quedarse. No bien las mujeres dejaron la habitación apretándose contra el armario entre gemidos, Gregor asomó la cabeza desde abajo del canapé para ver cómo podía interceder con cuidado y el mayor recato posible. Por desgracia, la primera en volver fue la madre, mientras Grete permanecía abrazada al armario en la habitación contigua, haciéndolo balancear ella sola de un lado al otro, por supuesto que sin moverlo de su sitio. La madre no estaba acostumbrada a ver a Gregor, podría haberse enfermado, y por eso Gregor se apresuró a ir hacia atrás hasta la otra orilla del canapé, aunque no pudo ya impedir que adelante la sábana se moviera un poco. Eso bastó para llamar la atención de la madre. Se detuvo, por unos segundos se quedó quieta donde estaba y luego volvió con Grete.

A pesar de que Gregor se decía una y otra vez que no estaba pasando nada extraordinario, sólo se cambiaban de sitio un par de muebles, pronto tuvo que admitir que este ir y venir de las mujeres, sus pequeños gritos y los muebles raspando el suelo operaban sobre él como un gran barullo alimentado desde todos los lados y, por mucho que contrajera la cabeza y las patas y oprimiera el cuerpo contra el suelo, no pudo evitar decirse que no aguantaría eso mucho tiempo más. Le estaban vaciando su habitación, le quitaban todo aquello a lo que tenía afecto. Ya se habían llevado el armario donde estaba la pequeña sierra y otras herramientas, ahora aflojaban el escritorio, firmemente clavado al piso, sobre el que había escrito sus tareas como estudiante de perito comercial, como alumno de instrucción secundaria y aun en la primaria, de modo que ya no tenía tiempo de poner a prueba las buenas intenciones que tenían las dos mujeres, cuya existencia por cierto que casi había olvidado, pues el agotamiento las hacía trabajar en silencio y sólo se escuchaba el pesado andar de los pies.

De modo que se asomó —las mujeres, en la habitación contigua, se apoyaban en ese momento sobre el escritorio, descansando un poco—, cambió cuatro veces la dirección de sus pasos, pues no sabía qué era lo que debía salvar en primer lugar, vio colgado el cuadro de la dama ataviada en pieles, llamativo en la pared vacía, se arrastró a toda prisa hacia arriba y se apretó contra el cristal, que lo sostuvo y le confortó su abdomen caliente. Al menos ese cuadro, que ahora Gregor tapaba entero, seguro que nadie se lo llevaría. Giró la cabeza hacia la puerta de la sala, con el objetivo de observar a las mujeres cuando regresaran.

No se habían tomado un descanso demasiado largo y ya volvían; Grete abrazaba a su madre, casi llevándola.

—¿Qué sacamos ahora? —dijo Grete y miró a su alrededor.

Su mirada se cruzó entonces con la de Gregor en la pared. La presencia de la madre le hizo mantener la compostura, inclinó la cara hacia ella, a fin de impedir que levantara la vista, y dijo, temblando y sin pensarlo:

—Ven, mejor volvamos un segundo a la sala.

La intención de Grete fue clara para Gregor, poner a resguardo a la madre y luego ahuyentarlo a él de la pared. ¡Que lo intentara, si quería! Él se quedaría encima de su cuadro y no lo entregaría. Antes le saltaría a Grete en la cara.

Pero las palabras de Grete sólo provocaron inquietud en la madre, que se movió a un lado, vio la inmensa mancha marrón sobre el papel de pared floreado y, antes de tomar consciencia de que eso que veía era Gregor, exclamó con voz áspera y gritona: "¡Ay, Dios! ¡Ay, Dios!". De inmediato cayó sobre el canapé con los brazos extendidos, como dándose por vencida, y no volvió a moverse. "¡Gregor!", le gritó la hermana con el puño en alto y una mirada penetrante. Eran las primeras palabras que le dirigía directamente a él desde la transformación. Corrió a la habitación aledaña para buscar alguna esencia con la que poder despertar a la madre de su desmayo. Gregor quería ayudar también —para salvar el cuadro había tiempo aún—, pero estaba muy pegado al vidrio y tuvo que soltarse con fuerza. Corrió a la habitación de al lado como si hubiera podido darle algún tipo de consejo a la hermana, igual que en los tiempos pasados, pero tuvo que quedarse detrás de ella sin hacer nada. Ella revolvía diferentes botellitas y se sobresaltó al darse vuelta, una botella cayó al suelo y se rompió. Una astilla hirió a Gregor en la cara, que se vio rodeado por algún tipo de medicina corrosiva. Sin más demora, Grete tomó todas las botellitas que podía sostener y corrió con ellas hacia la madre, cerrando la puerta tras de sí con el pie. Gregor quedó aislado de la madre, que por su culpa estaba quizás al borde de la muerte. Tenía prohibido abrir la puerta si no quería ahuyentar a la hermana, que debía quedarse junto a la madre. No había más que esperar y, acosado por los reproches que se hacía y por la preocupación, empezó a arrastrarse por todos lados, las paredes, los muebles y el cielorraso de la habitación, hasta que, finalmente, cuando ya la habitación empezaba a girar entera a su alrededor, cayó desesperado en medio de la mesa grande.

Pasó un rato breve, en el que Gregor permaneció allí exhausto, rodeado de quietud, lo que tal vez fuera un buen signo. Entonces sonó el timbre. La criada estaba encerrada en su cocina y por eso Grete tuvo que ir a abrir. Había llegado el padre.

—¿Qué pasó? —fueron sus primeras palabras, pues el aspecto de Grete se lo había revelado todo.

Grete contestó con voz ronca, a todas luces apretando su cara contra el pecho del padre:

—Madre perdió el conocimiento, pero ya está mejor. Gregor se escapó.

—Me lo esperaba —dijo el padre—. Siempre se lo dije, pero ustedes las mujeres no quieren oír.

A Gregor le quedó claro que el padre había malinterpretado el informe demasiado corto de Grete y asumía que Gregor había cometido algún acto de violencia. Debía intentar tranquilizar al padre, porque no tenía ni tiempo ni posibilidad de clarificarle la situación. Huyó hacia la puerta de su cuarto y se pegó a ella, para que, al entrar, el padre pudiera ver ya desde la antesala que Gregor tenía la firme intención de regresar de inmediato a su dormitorio y que no era necesario hacerlo retroceder, sino que bastaba con abrir la puerta y desaparecería en el acto.

Pero el padre no estaba de humor para percibir semejantes finezas.

—¡Ah! —exclamó, no bien entró, en tono furioso y alegre al mismo tiempo.

Gregor retiró la cabeza de la puerta y la alzó hacia el padre. La verdad era que no se había imaginado al padre tal como se le presentó allí en ese momento. En los últimos tiempos, por esta novedad de andar dando vueltas, se había perdido de ocuparse, como antes, de lo que sucedía en el resto de la casa, por lo que debía de haberse preparado para encontrarse con una situación cambiada. Sin embargo, ¿era ése su padre aún? ¿El mismo hombre que antes seguía hundido de cansancio en la cama cuando Gregor partía hacia un viaje de negocios? ¿El que lo recibía la tarde de su regreso en bata desde su sillón? ¿El que no estaba en condiciones de pararse y que en señal de alegría se limitaba a levantar los brazos? ¿El que, en los raros paseos conjuntos, un par de domingos al año y en las grandes fiestas, avanzaba trabajosamente entre Gregor y su madre, que ya iban despacio de por sí, siempre un poco más despacio aún, envuelto en su viejo abrigo y adelantando con cuidado el bastón, y que, cuando quería decir algo, por lo general se detenía para que quienes lo acompañaban se congregaran a su alrededor? Ahora andaba bien derecho, vestido con un uniforme azul sin arrugas de botones dorados, como los que usan los ordenanzas en las entidades bancarias. Del cuello alto y rígido del saco sobresalía una papada prominente, de abajo de las cejas tupidas escapaba la mirada fresca y atenta de los ojos negros, y el pelo blanco, antes revuelto, ahora estaba aplastado contra el cráneo en un peinado a raya esmerado y brillante. Arrojó su gorra, que llevaba bordado un monograma dorado, probablemente el de un banco, trazando un arco por toda la habitación, sobre el canapé y se dirigió hacia Gregor con los faldones de la larga levita de su uniforme hacia atrás, las manos en los bolsillos y el rostro encarnado. Ni él sabía lo que se proponía, pero alzaba los pies muy alto, y Gregor se asombró del tamaño gigantesco de las suelas de sus botas. No permaneció allí, pues sabía desde el primer día de su nueva vida que el padre consideraba la mayor severidad como lo único conveniente para su caso. De modo que fue escapando del padre, frenándose cuando éste se detenía y reanudando la marcha apenas se movía. Así dieron varias veces la vuelta a la sala, sin que ocurriese nada decisivo, incluso sin que el conjunto tuviera la apariencia de una persecución, en razón de su poca velocidad. Por eso Gregor se mantuvo provisoriamente en el suelo, sobre todo porque temía que el padre considerara una huida por las paredes o el cielorraso como una maldad expresa. De todas maneras, tuvo que admitir que no podría haber aguantado demasiado tiempo ni siquiera este correteo, ya que por cada paso del padre él debía realizar un sinnúmero de movimientos. La falta de aire empezaba a hacerse notar, pues, de igual manera que en los tiempos pasados, no poseía unos pulmones demasiado confiables. Estaba tambaleándose por ahí, a fin de juntar todas las fuerzas para el correteo, con los ojos casi cerrados y sin pensar, a causa del embotamiento, en otra salvación que no fuera una larga carrera —casi olvidándose de que tenía a su disposición las paredes, aunque aquí estuvieran obstruidas por muebles muy tallados, llenos de ángulos y puntas—, cuando algo cayó muy cerca de él con un ligero impulso y se alejó rodando. Era una manzana, a la que enseguida le siguió otra. Gregor se quedó paralizado por el susto. Seguir corriendo era inútil, pues el padre había decidido bombardearlo. Se había llenado los bolsillos con las frutas del cesto que estaba sobre el aparador y ahora arrojaba manzana tras manzana, por el momento sin afinar la puntería. Las pequeñas manzanas rojas rodaban como electrizadas por el suelo y chocaban entre sí. Una manzana arrojada con debilidad rozó la espalda de Gregor, aunque se deslizó sin causar daño. En cambio, la que voló enseguida se le incrustó en la espalda. Gregor quiso seguir arrastrándose, como si con el cambio de sitio pudiera desaparecer el sorpresivo e increíble dolor, pero se sentía como clavado en el lugar y quedó tendido en total confusión. Con la última mirada vio aún cómo abrían de golpe la puerta de su dormitorio, cómo la hermana entraba corriendo y a gritos, precedida por la madre en camisa, pues la hermana la había desvestido para facilitarle la respiración en su desmayo, cómo la madre iba luego hacia el padre, con las enaguas desatadas que se le caían al suelo una tras otra, cómo lo acometía tropezando con las faldas y cómo, abrazándolo con las manos por el cuello, en completa unión con él —la vista ya le fallaba a Gregor ahora—, le pedía que le perdonara la vida a Gregor.

III

La grave herida de Gregor, de la que estuvo convaleciente más de un mes —la manzana, puesto que nadie se atrevió a quitarla, quedó incrustada en sus carnes como un recuerdo visible—, pareció recordarle incluso al padre que Gregor, pese a su asquerosa y triste figura actual, era un miembro de la familia, al que no podía tratarse como a un enemigo, sino que era un mandamiento del deber familiar tragarse la repugnancia y resignarse, nada más que resignarse.

Gregor había perdido movilidad por la herida, posiblemente para siempre, y atravesar su habitación le acarreaba ahora largos, largos minutos, como un viejo inválido —trepar por las paredes era impensable—, pero a cambio de este empeoramiento de su estado recibió una recompensa, del todo satisfactoria, a su parecer: hacia la noche, se abría siempre la puerta de la sala, que él solía tener muy vigilada desde una a dos horas antes, de modo que, desde la oscuridad de su habitación, invisible desde la sala, podía ver a la familia sentada a la mesa iluminada y oír sus conversaciones con permiso general, por así decirlo, a diferencia de lo que ocurría antes.

Claro que no eran ya las animadas conversaciones de tiempos pasados, en las que Gregor pensaba siempre con alguna nostalgia en sus pequeñas habitaciones de hotel, cuando debía arrojarse cansado entre sábanas húmedas. Ahora todo transcurría por lo general en silencio. El padre se dormía pronto tras la cena en su silla y la madre y la hermana se exhortaban mutuamente a callar. La madre, muy inclinada bajo la luz, cosía ropa fina para un negocio de modas, y la hermana, que había aceptado un puesto de vendedora, aprendía de noche taquigrafía y francés, para quizás acceder alguna vez a un puesto mejor. A veces, el padre se levantaba y, como si no supiera que había estado durmiendo, le decía a la madre: "¡Cuánto tiempo te pasas hoy de nuevo cosiendo!", y volvía a dormirse de inmediato, mientras la madre y la hermana intercambiaban una sonrisa soñolienta.

El padre se negaba, por una suerte de testarudez, a quitarse su uniforme de ordenanza incluso dentro de la casa y, mientras la bata colgaba inútil de su percha, él dormitaba completamente vestido en su lugar, como si estuviera siempre listo para prestar sus servicios, esperando también aquí la voz del jefe. Por este motivo, y pese al cuidado de la madre y de la hermana, mermó el aseo del uniforme, que nunca había sido nuevo desde un principio, y a veces Gregor se quedaba observando tardes enteras esa vestimenta repleta de manchas, brillando con sus botones dorados siempre pulidos, en la que el viejo dormía sumamente incómodo y, sin embargo, sereno.

Cuando el reloj daba las diez, la madre intentaba despertar al padre, hablándole despacio, para luego convencerlo de ir a la cama, pues el de aquí no era un verdadero sueño como el que urgentemente necesitaba el padre, que debía entrar en servicio a las seis de la mañana. Pero con la testarudez que lo había acometido desde que era ordenanza, el padre insistía en quedarse aún más tiempo a la mesa, por más que se durmiera con regularidad, y sólo haciendo el máximo esfuerzo se lo podía convencer de cambiar la silla por la cama. La madre y la hermana podían instarlo todo lo que quisieran con pequeñas advertencias, él se limitaba de todos modos a sacudir la cabeza lentamente durante un cuarto de hora, mantenía los ojos cerrados y no se ponía de pie. La madre le tiraba de las mangas, diciéndole palabras afectuosas al oído, la hermana dejaba su tarea para ayudarla, pero nada de esto surtía efecto en el padre, que se hundía aún más en su silla. Sólo cuando las mujeres lo tomaban por las axilas abría él los ojos, miraba alternativamente a la madre y a la hermana y acostumbraba a decir: "¡Qué vida esta! ¡Ésta es la tranquilidad de mi vejez!". Y apoyándose en ambas mujeres se ponía de pie trabajosamente, como si él mismo fuese su carga más pesada, se dejaba guiar hasta la puerta, las apartaba con un gesto de la mano y seguía por cuenta propia, mientras la madre tiraba sus utensilios de costura y la hermana su pluma para correr detrás del padre y seguir prestándole su ayuda.

¿Quién tenía tiempo en esa familia agotada y rendida por el trabajo de ocuparse de Gregor más que lo estrictamente necesario? La estructura del hogar se fue reduciendo, al final despidieron a la criada. Una doméstica enorme y huesuda, con el pelo blanco revoloteándole alrededor de la cabeza, venía por la mañana y la tarde para encargarse del trabajo más pesado, mientras que de todo lo demás se ocupaba la madre en paralelo a sus muchos trabajos de costura. Ocurrió incluso que se vendieron diversas joyas de la familia, ésas que antes la madre y la hermana llevaban felices en reuniones y festividades, según pudo deducir Gregor de las charlas vespertinas sobre los montos obtenidos.

El mayor motivo de queja era siempre no poder dejar el departamento, demasiado grande para las circunstancias actuales, puesto que no se les ocurría cómo mudar a Gregor. Pero éste se daba cuenta de que no era sólo la consideración por él lo que impedía una mudanza, ya que lo habrían podido transportar fácilmente en una caja adecuada con un par de agujeros para respirar. Lo que frenaba a la familia a cambiar de morada era más bien la desesperanza total y la idea de que habían sido golpeados por una desgracia sin parangón en todo su círculo de parientes y conocidos. Cumplían al máximo con lo que el mundo le exige a la gente pobre —el padre le buscaba el desayuno al empleado bancario raso, la madre se sacrificaba por la ropa de gente extraña, la hermana seguía de un lado al otro las órdenes de los clientes detrás del mostrador—, pero las fuerzas de la familia no alcanzaban más que para eso. Y la herida de la espalda le empezaba a doler a Gregor como si volviera a abrirse cuando regresaban la madre y la hermana, luego de haber llevado al padre a la cama, y, dejando de lado el trabajo, acercaban sus sillas para quedarse sentadas casi cabeza con cabeza; y volvía a dolerle cuando la madre, señalando la habitación de Gregor, decía: "Cierra la puerta, Grete", y Gregor volvía a quedarse a oscuras, mientras que al lado las mujeres mezclaban sus lágrimas o incluso se quedaban mirando la mesa con los ojos secos.

Gregor pasaba las noches y los días casi sin dormir. A veces pensaba que la próxima vez que se abriera la puerta volvería a hacerse cargo de los asuntos de la familia, igual que antes. Tras largo tiempo aparecieron de nuevo en su mente el apoderado y el jefe, los dependientes y los aprendices, un recadero de lo más lerdo, dos o tres amigos de otros negocios, una camarera de un hotel de provincias, un recuerdo querido y efímero, la cajera de una sombrerería a la que había cortejado seriamente, pero con demasiada lentitud; todos ellos se le aparecieron entremezclados con gente desconocida o ya olvidada, pero en vez de ayudarlo a él o a su familia, nadie estaba accesible, y él se sentía feliz cuando desaparecían. Luego volvía a no estar de humor para ocuparse de su familia, lo único que sentía era rabia por la mala manutención, y aunque no podía imaginar nada que despertara su apetito, hacía planes de cómo llegar a la alacena, para tomar allí lo que le correspondía, aun cuando no tuviera hambre. Sin pensar ya en qué le hubiera gustado a Gregor, la hermana empujaba a toda prisa con el pie algún alimento cualquiera en su habitación antes de irse a la tienda por la mañana o al mediodía, para retirarlo por la tarde con un movimiento de la escoba, indiferente a que quizás él apenas lo había probado o —el caso más frecuente— lo había dejado intacto. El orden de la habitación, del que ahora se ocupaba por la tarde, no podía hacerse de manera más rápida. Las franjas de mugre se extendían a lo largo de las paredes, aquí y allí había ovillos de polvo y desperdicios. En los primeros tiempos, Gregor esperaba el arribo de la hermana para colocarse en los rincones especialmente representativos de esta suciedad, como haciéndole de alguna manera un reproche por medio de su posición. Lo cierto, sin embargo, es que podría haberse quedado ahí semanas enteras sin que la hermana limpiara; veía la suciedad igual que él, pero había decidido

dejarla donde estaba. Al mismo tiempo, con una sensibilidad completamente nueva para ella, y que se había apoderado de toda la familia, la hermana vigilaba que el orden
en la habitación de Gregor quedara sólo a su cargo. Una
vez, la madre había acometido una gran limpieza del dormitorio de Gregor, cosa que sólo había logrado tras usar
varios baldes de agua —aunque la humedad molestaba
también a Gregor, que yacía todo a lo ancho sobre el canapé, amargado e inmóvil—, pero la madre no se salvaría del
castigo. Por la tarde, cuando notó los cambios en el cuarto
de Gregor, la hermana corrió a la sala sumamente ofendida y, pese a que la madre alzó suplicante las manos, estalló en un llanto convulsivo que los progenitores —el padre
se había levantado sobresaltado de su silla— miraron primero sorprendidos y luego indefensos, hasta que también
ellos empezaron a agitarse: a la derecha, el padre le hacía
reproches a la madre por no dejarle la limpieza de la habitación de Gregor a la hermana, en tanto que a la izquierda
la hermana le gritaba que nunca más tendría permitido
limpiar el cuarto de Gregor. Y mientras que la madre buscaba arrastrar hacia su habitación al padre, irreconocible
a causa de la exaltación, la hermana, sacudida por los so-
llozos, le pegaba a la mesa con sus pequeños puños y Gregor silbaba de rabia porque a nadie se le ocurría cerrar la
puerta para ahorrarle ese espectáculo y ese ruido.

Pero incluso si la hermana, rendida por su trabajo, estaba harta de ocuparse de Gregor como antes, la madre no
debía haber ocupado su lugar ni Gregor quedar desatendi-
do. Pues ahora estaba la doméstica. Esa vieja viuda, que
en su larga vida debía haber superado lo peor con ayuda

de su fuerte constitución ósea, no sentía ninguna repelencia especial por Gregor. Sin ser de ninguna manera curiosa, había abierto una vez la puerta de la habitación por casualidad y, al ver a Gregor, que tomado totalmente por sorpresa empezó a correr de un lado al otro, aun cuando nadie lo persiguiese, se había quedado quieta por la sorpresa, con las manos juntas sobre la falda. Desde entonces nunca dejaba de abrir un poco la puerta por la mañana y por la tarde para echarle un vistazo a Gregor. Al principio hasta lo llamaba, con palabras que probablemente creía amables, "Ven aquí, viejo escarabajo", o "Vean ahí al viejo escarabajo". A estos llamados Gregor no contestaba, sino que se quedaba inmóvil en su lugar, como si la puerta ni siquiera estuviera abierta. ¡Mejor le hubieran dado a esa doméstica la orden de limpiar a diario su habitación, en lugar de dejar que lo molestara inútilmente a gusto! Una vez, temprano por la mañana —una fuerte lluvia pegaba contra los cristales, tal vez un anuncio de la primavera en ciernes—, Gregor se irritó tanto cuando la doméstica empezó otra vez con sus frasecitas que giró hacia ella como para atacarla, aunque despacio y con delicadeza. En vez de asustarse, la doméstica levantó una silla que estaba cerca de la puerta y se quedó parada ahí con la boca bien abierta y la clara intención de sólo cerrarla cuando la silla que tenía en la mano pegara sobre la espalda de Gregor. "¿Hasta ahí llegamos?", preguntó, cuando Gregor volvió a darse la vuelta, y tranquilamente puso la silla de nuevo en su rincón.

Gregor ya no comía casi nada. Sólo cuando pasaba por casualidad junto a los alimentos se metía, jugando, un mordisco en la boca y lo mantenía allí durante horas, para por lo general volver a escupirlo. Primero pensó que era la tristeza por el estado de su habitación lo que le impedía comer, pero con los cambios en el dormitorio se reconcilió muy pronto. Se había hecho costumbre poner en este cuarto las cosas que no se podían guardar en ningún otro lugar, y de esas cosas había ahora muchas, puesto que habían alquilado una de las habitaciones del departamento a tres inquilinos. Estos señores tan serios —los tres tenían barba completa, como comprobó Gregor una vez a través del resquicio de la puerta— eran muy meticulosos con el orden, no sólo en su habitación sino, ya que se habían instalado aquí como inquilinos, en toda la casa, especialmente la cocina. No toleraban trastos inútiles ni sucios. Además, habían traído en gran parte su propio mobiliario. Por esta razón se habían vuelto superfluas muchas cosas que no eran vendibles, pero que tampoco se querían tirar. Todas ellas pasaron al cuarto de Gregor. Lo mismo ocurrió con la caja de las cenizas y el bote de basura de la cocina. Todo lo que de momento resultaba inútil, la doméstica, siempre tan apurada, lo tiraba sencillamente en la habitación de Gregor; por suerte, Gregor sólo veía por lo general el objeto en cuestión y la mano que lo sostenía. Tal vez fuera la intención de la doméstica buscar las cosas cuando tuviera tiempo y se diera la oportunidad, o tirarlas todas juntas de una vez, pero lo cierto es que quedaban allí donde habían caído, y sólo se movían cuando Gregor daba vueltas entre los cachivaches, primero por obligación, pues de lo contrario no quedaba lugar libre para arrastrarse, más tarde con creciente placer, aunque después de este tipo de paseos, muerto de sueño y entristecido, volvía a no moverse durante horas.

Como los inquilinos cenaban a veces en la mesa de la sala, la puerta permanecía cerrada algunas tardes, pero Gregor renunció con toda facilidad a la puerta abierta, pues ya antes había dejado de hacer uso de ella en algunas veladas, que prefería pasar tirado en el rincón más oscuro de su habitación, sin que la familia lo notase. Una vez, la doméstica había dejado un poco abierta la puerta que daba a la sala y así se quedó también cuando entraron los inquilinos al anochecer y encendieron la luz. Se sentaron a la mesa, donde en tiempos pasados se sentaban el padre, la madre y Gregor, desplegaron las servilletas y empuñaron cuchillo y tenedor. Enseguida apareció en la puerta la madre llevando una fuente con carne y detrás de ella la hermana con una alta pila de papas sobre otra fuente. La comida emanaba un intenso vapor. Los inquilinos se inclinaron sobre las fuentes dispuestas ante ellos, como si quisieran verificarlas antes de la comida, y de hecho el que estaba sentado en medio (y que los otros dos parecían considerar una autoridad) cortó un pedazo de carne sobre la fuente misma, a todas luces para comprobar si estaba lo suficientemente tierna y si no debía ser enviada de nuevo a la cocina. Se mostró satisfecho y la madre y la hermana, que lo habían mirado tensas, tomaron aire y sonrieron.

La familia misma comía en la cocina. Así y todo, el padre entraba en esta sala, antes de pasar a la cocina, y haciendo una corta reverencia daba la vuelta alrededor de la mesa con la gorra en la mano. Todos los inquilinos se levantaban y murmuraban alguna cosa tras sus barbas. Cuando se quedaban solos, comían en silencio casi absoluto. A Gregor le parecía extraño que de todos los diversos ruidos del acto de comer siempre se escucharan los dientes masticando, como si así quisieran mostrarle que se necesitaban dientes para comer, y que ni con las más bellas mandíbulas desdentadas se podía lograr nada. "Tengo apetito, pero no de esas cosas —se decía preocupado—. ¡Cómo se alimentan esos señores, y yo muriéndome!"

Justo esa noche —Gregor no recordaba haberlo escuchado en todo ese tiempo— sonó el violín desde la cocina. Los inquilinos habían terminado su cena, el de en medio había sacado un periódico, le había dado una página a cada uno de los otros dos y ahora leían recostados y fumando. Cuando empezó a tocar el violín, prestaron atención, se levantaron y fueron de puntillas hasta la puerta de la antesala, donde se quedaron apretados unos contra otros. Los debieron de haber escuchado desde la cocina, pues el padre exclamó:

—¿Les molesta a los inquilinos la música? Enseguida podemos suspenderla.

—Al contrario —dijo el hombre de en medio—, ¿no querrá la señorita venir con nosotros y tocar aquí en la sala, que está mucho más cómoda y acogedora?

—Cómo no —dijo el padre, como si el violinista fuera él.

Los señores retrocedieron al cuarto y esperaron. Enseguida llegó el padre con el atril, la madre con la partitura y la hermana con el violín. La hermana dispuso tranquilamente todo para tocar; los padres, que nunca antes habían alquilado una habitación y por eso exageraban la cortesía frente a los caballeros, no se animaban a sentarse en sus propias sillas; el padre se apoyó en la puerta, la mano derecha metida entre dos botones de la librea abrochada;

uno de los inquilinos le ofreció una silla a la madre y ésta, dejándola allí donde el señor la colocó por casualidad, se sentó en un rincón apartado.

La hermana empezó a tocar y el padre y la madre, cada uno desde su lado, seguían con atención el movimiento de sus manos. Gregor, atraído por la música, se había animado a avanzar un poco más y estaba ya con la cabeza dentro de la sala. Casi no lo sorprendía la poca consideración que tenía por los otros en los últimos tiempos, aunque antes esa consideración había sido su orgullo. Y eso que ahora hubiera tenido más motivos para esconderse, pues como consecuencia del polvo que yacía por todas partes en su habitación y que revoloteaba al menor movimiento, también él estaba todo polvoriento. Sobre su espalda y a los costados arrastraba consigo hilos, pelos, restos de comida, pero su indiferencia frente a todo era demasiado grande como para acostarse de espaldas sobre la alfombra y frotarse, como hacía antes varias veces por día. Pese a este estado, no tuvo vergüenza de avanzar sobre el suelo impecable de la sala.

Nadie le prestaba atención, de todos modos. La familia se hallaba completamente absorbida por el violín; los inquilinos, en cambio, que primero se habían colocado, con las manos en los bolsillos, demasiado cerca del atril, de modo que todos hubieran podido ver las notas, lo que sin duda debía perturbar a la hermana, se retiraron al poco tiempo, hablando a media voz y con las cabezas gachas, hacia la ventana, donde también permanecieron, observados con preocupación por el padre. Daban la impresión más que clara de haber quedado decepcionados de su idea de escuchar una bella o entretenida pieza de violín, de estar

hartos de toda la función y de dejar perturbar su tranquilidad sólo por cortesía. Su gran nerviosismo se deducía sobre todo por la forma en que soplaban hacia lo alto el humo
de sus cigarros a través de la nariz y la boca. Sin embargo,
la hermana tocaba tan hermosamente, con el rostro incli-
nado hacia un lado y la mirada examinadora y triste si-
guiendo los pentagramas. Gregor se arrastró un trecho
más hacia delante y mantuvo la cabeza pegada al suelo,
para tener la posibilidad de cruzarse con la mirada de ella.
¿Era él un animal, siendo que tanto lo conmovía la música?
Parecía como si la música le indicara el camino hacia el
desconocido alimento deseado. Estaba decidido a avanzar
hasta la hermana, a tirar de su falda y así darle a entender
que viniera con el violín a su habitación, pues nadie aquí la
gratificaría por su música como lo haría él. No dejaría que
saliera de nuevo de su cuarto, no al menos mientras él vi-
viera; su figura espantosa le sería útil por primera vez; es-
taría al mismo tiempo en todas las puertas de su habitación
para bufar a sus atacantes; pero la hermana no debía quedarse con él por obligación, sino por voluntad propia; debía sentarse junto a él sobre el canapé, inclinando la oreja,
y entonces él le confiaría que había tenido la más firme
intención de enviarla al conservatorio y que se lo iba a anun-
ciar a todos, haciendo caso omiso de cualquier protesta, la
navidad pasada —¿había pasado navidad, no?—, de no haber mediado la desgracia. Después de esta declaración, la
hermana estallaría en lágrimas emocionadas, Gregor tre-
paría hasta su hombro y le besaría el cuello, que llevaba
desnudo desde que trabajaba en el negocio, sin lazo ni cuello de camisa.

—¡Señor Samsa! —le dijo el señor de en medio al padre y, sin gastar más palabras, señaló con el índice a Gregor, que avanzaba despacio.

El violín calló, el caballero de en medio les sonrió a sus amigos sacudiendo la cabeza y volvió a mirar a Gregor. En lugar de echarlo, el padre pareció considerar necesario tranquilizar a los inquilinos, por mucho que éstos no se hubieran exaltado y que Gregor pareciera entretenerlos más que el violín. Avanzó presuroso hacia ellos y con los brazos extendidos intentó apremiarlos hacia su dormitorio, mientras que con su cuerpo les obstaculizaba la visión de Gregor. Entonces sí que se enojaron, no se sabía si por la conducta del padre o por la revelación ahora manifiesta de haber tenido, sin saberlo, un vecino de habitación como Gregor. Le exigieron explicaciones al padre, alzaron también ellos los brazos y se tiraban inquietos de las barbas, mientras retrocedían lentamente hacia su cuarto. Entretanto, la hermana había superado el desamparo en el que había caído tras la interrupción abrupta de su interpretación musical y, tras sostener por un tiempo el violín y el arco en las manos que colgaban indolentes, con la vista puesta aún en las notas como si siguiera tocando, había cobrado ánimos de golpe, dejó el instrumento sobre la falda de la madre, sentada aún en su silla con los pulmones esforzándose a causa de sus dificultades para respirar, y corrió hacia la habitación contigua, a la que los inquilinos se acercaban con mayor velocidad por el apremio del padre. Bajo sus ejercitadas manos pudo verse cómo las frazadas y colchones volaban y se ordenaban en las camas. Antes aún de que los señores llegaran al cuarto, había terminado de hacer las camas y se escabullía hacia fuera. El padre parecía otra vez asaltado a tal punto por su tozudez que olvidó todo el respeto que a fin de cuentas les debía a sus inquilinos. Los apuraba y no dejaba de apurarlos, hasta que ya en la puerta de la habitación el señor de en medio pateó el suelo atronadoramente, haciendo detener al padre.

—Con esto declaro —dijo alzando la mano y buscó con la mirada a la madre y la hermana— que atento a las repugnantes condiciones reinantes en esta casa y en esta familia —y aquí escupió decidido el suelo— rescindo de inmediato mi habitación. Por supuesto que tampoco pagaré lo más mínimo por los días que he vivido aquí. Por el contrario, pensaré si no presento una reclamación contra usted que, créame, sería muy fácil de fundamentar.

Guardó silencio, con la mirada perdida hacia delante, como esperando algo. Y en efecto, enseguida tomaron la palabra sus dos amigos:

—También nosotros las rescindimos de inmediato.

Entonces agarró el picaporte y cerró de un portazo.

Tanteando con las manos, el padre se tambaleó hasta su silla y se dejó caer en ella; parecía como que se estiraba para su acostumbrada siestecita del anochecer, pero el fuerte movimiento de su cabeza, que parecía como suelta, mostraba que no estaba para nada dormido. Gregor se había quedado todo el tiempo quieto en el lugar donde lo habían descubierto los inquilinos. La decepción por el fracaso de su plan, tal vez también la debilidad provocada por el ayuno constante, le impedían moverse. Temía con alguna certeza que en cualquier momento se descargara sobre él un cataclismo generalizado y se mantenía expectante.

Ni siquiera lo sobresaltó el violín, que asomó de entre los dedos temblorosos de la madre y cayó de su regazo con un retumbo.

—Queridos padres —dijo la hermana, golpeando con la mano sobre la mesa a modo de introducción—, esto no puede seguir así. Si acaso no lo llegan a ver, yo sí lo veo. No quiero pronunciar el nombre de mi hermano delante de esta bestia y por eso sólo digo: hay que intentar deshacerse de ella. Hemos hecho lo humanamente posible para cuidarla y soportarla, creo que nadie nos puede reprochar nada.

—Tiene toda la razón —dijo el padre para sí.

La madre, que seguía sin conseguir aire suficiente, empezó a toser roncamente con la mano delante de la boca y una expresión demencial en los ojos.

La hermana corrió hacia ella y le sostuvo la frente. Sus palabras parecían haber despertado en el padre pensamientos más decididos, pues se enderezó en la silla y jugó con su gorra de ordenanza entre los platos que aún seguían en la mesa de la cena de los inquilinos, mirando de vez en cuando hacia el inmóvil Gregor.

—Debemos intentar deshacernos de esto —le dijo la hermana ahora exclusivamente al padre, pues la madre no oía nada debido a su tos—. Los va a matar a ustedes dos, lo veo venir. Cuando hay que trabajar tan duro como lo hacemos todos aquí, no se puede soportar también en casa esta tortura eterna. Yo tampoco puedo más.

Y estalló en un llanto tan fuerte que sus lágrimas cayeron sobre la cara de la madre, de donde se las limpiaba con movimientos mecánicos de la mano.

—Niña —dijo el padre con clemencia y notoriamente comprensivo—, ¿qué debemos hacer?

La hermana alzó los hombros en señal del desconcierto que había tomado posesión de ella durante el llanto y que contrastaba con su seguridad precedente.

—Si nos entendiera —dijo el padre medio preguntando, pero desde su llanto la hermana agitó enérgica la mano como signo de que eso era impensable—. Si nos entendiera —repitió con los ojos cerrados y asumiendo la convicción de la hermana acerca de esa imposibilidad—, entonces tal vez sería posible llegar a un acuerdo con él. Pero así...

—Basta con eso —exclamó la hermana—. Es el único remedio, padre. Sólo debes tratar de quitarte la idea de que es Gregor. Haberlo creído tanto tiempo es nuestra verdadera desgracia. ¿Cómo puede ser Gregor? Si fuera Gregor, hace tiempo que hubiera comprendido que la convivencia entre personas y semejante animal no es posible y se hubiera ido por voluntad propia. Aunque nos quedáramos sin hermano, podríamos seguir viviendo y hacerle honor a su memoria. Pero este animal nos persigue, echa a los inquilinos, quiere tomar posesión de toda la casa y hacernos pernoctar en la calle. ¡Vea si no, padre! —gritó de pronto—. ¡Ya empieza de nuevo!

Y con un espanto del todo incomprensible para Gregor, la hermana abandonó incluso a la madre, salió disparada de su silla, como si prefiriera sacrificar a la madre que permanecer en la cercanía de Gregor, y corrió detrás del padre, que también se puso de pie, impulsado por el comportamiento de su hija, y alzó a medias los brazos delante de ella como para protegerla.

Pero a Gregor ni se le ocurría querer atemorizar a nadie, mucho menos a su hermana. Había empezado simplemente a dar la vuelta, a fin de regresar a su habitación, y llamaba la atención porque, a causa de su penoso estado, debía acompañar el difícil giro ayudándose con la cabeza, por eso la había alzado varias veces y la había chocado contra el suelo. Se detuvo y miró a su alrededor. Sus buenas intenciones parecían haber sido reconocidas como tales. Había sido sólo un susto momentáneo, ahora todos lo observaban tristes y en silencio. La madre yacía en su silla con las piernas estiradas y bien juntas, los ojos casi que se le cerraban por el agotamiento; el padre y la hermana estaban sentados uno al lado del otro, la hermana había colocado su mano alrededor del cuello del padre.

"Ahora quizá pueda permitirme dar la vuelta", pensó Gregor, retomando su tarea. No podía reprimir los resuellos por el esfuerzo y debía descansar de cuando en cuando. Nadie lo apuraba, por lo demás, habían dejado todo en sus manos. Una vez que completó el giro, empezó de inmediato a regresar en línea recta. Lo sorprendió la gran distancia que lo separaba de su habitación, no entendía cómo había hecho hacía poco tiempo para transitar con su debilidad el mismo camino casi sin notarlo. Concentrado exclusivamente en arrastrarse con rapidez, casi no se dio cuenta de que la familia no lo molestaba con ninguna palabra ni exclamación. Sólo cuando llegó a la puerta hizo girar la cabeza, no del todo, pues sentía que se le endurecía el cuello, pero lo suficiente como para ver que nada había cambiado a sus espaldas, salvo que la hermana se había puesto de pie. Su última mirada se posó sobre la madre, que ahora se había dormido por completo.

No bien estuvo dentro de su habitación, cerraron la puerta a toda velocidad, le pusieron llave y la trancaron. Ese ruido repentino detrás de él lo asustó tanto que se le doblaron las patitas. Era la hermana la que se había apurado así. Había esperado ahí erguida y había saltado con pies ligeros hacia delante, Gregor ni la había oído venir, y, exclamando hacia los padres un "¡Por fin!", hizo girar la llave en la cerradura.

"¿Y ahora?", se preguntó Gregor mirando alrededor en la oscuridad. Pronto descubrió que ya no podía ni moverse. No lo sorprendió, más bien le pareció antinatural haberse podido desplazar hasta ahora sobre esas patitas delgadas. Por lo demás, se sentía relativamente cómodo. Tenía dolores en casi todo el cuerpo, pero le parecía que paulatinamente se iban debilitando y al final terminarían por esfumarse. Casi no sentía la manzana podrida en la espalda ni su entorno inflamado y cubierto de suave polvo. Pensaba en su familia con emoción y cariño. Su propia convicción de que debía desaparecer era probablemente más firme que la de su hermana. Permaneció en este estado de reflexión vacía y pacífica hasta que en el reloj de la torre sonaron las tres de la madrugada. Junto a la ventana llegó a presenciar aún el principio del albor. Luego la cabeza se le desplomó por completo de manera involuntaria y sus ollares exhalaron débilmente su último aliento.

Cuando por la mañana temprano llegó la doméstica —tanta era su fuerza y apuro al abrir las puertas que, por más veces que le hubieran rogado que lo evitase, después de su arribo resultaba imposible seguir durmiendo en ninguna parte de la casa—, en principio no halló nada especial en su acostumbrada breve visita a la habitación de Gregor. Pensó que estaba tirado adrede así de inmóvil y se hacía el ofendido; lo creía capaz de todos los razonamientos posibles. Como casualmente sostenía la larga escoba en la mano, intentó hacerle cosquillas desde la puerta. Al no tener éxito con eso, se puso molesta y lo golpeó un poco, pero sólo cuando lo desplazó de su lugar sin ninguna resistencia, empezó a prestar atención. Poco después, cuando reconoció el verdadero estado de cosas, abrió los ojos desorbitadamente y lanzó un silbido, pero no permaneció allí mucho tiempo, sino que abrió de golpe la puerta del dormitorio y alzó la voz en la oscuridad:

—¡Vean esto, reventó! Está tirado ahí, ha reventado de punta a punta.

El matrimonio Samsa, sentado sobre la cama, tuvo que luchar para sobreponerse al susto que le había dado la doméstica antes de comprender lo que les estaba comunicando. Luego se pusieron de pie a toda velocidad, cada uno de su lado de la cama, el señor Samsa se echó la frazada a los hombros, la señora Samsa salió en camisón, y así ingresaron en el dormitorio de Gregor. Entretanto se había abierto también la puerta de la sala, en la que dormía Grete desde el ingreso de los inquilinos; estaba totalmente vestida, como si ni hubiera dormido, cosa que también parecía demostrar su pálido rostro.

—¿Muerto? —dijo la señora Samsa alzando una mirada inquisitiva a la doméstica, por más que podía examinarlo todo por sí misma y reconocerlo aun sin examen.

—Quiero creer que sí —dijo la doméstica y a modo de prueba arrastró el cadáver de Gregor con la escoba otro buen trecho hacia un lado.

La señora Samsa hizo el movimiento como de frenar la escoba, pero no lo completó.

—Pues bien —dijo el señor Samsa—, ahora podemos agradecerle a Dios.

Se persignó y las tres mujeres siguieron su ejemplo. Grete, que no quitaba la vista del cadáver, dijo:

—Fíjense lo flaco que estaba. Hacía tiempo que no comía nada. Así como entraban las comidas, así también salían.

Y, en efecto, el cuerpo de Gregor estaba completamente plano y reseco, cosa que sólo se notaba ahora que las patas ya no lo alzaban y nada distraía la vista.

—Ven un ratito con nosotros, Grete —dijo la señora Samsa con una sonrisa melancólica y Grete fue detrás de los padres hacia el dormitorio, no sin antes voltear a mirar el cadáver.

La doméstica cerró la puerta y abrió del todo la ventana. Pese a que era temprano por la mañana, en el aire fresco se entremezclaba una cierta tibieza. Es que ya era fines de marzo.

Los tres inquilinos salieron de su habitación y buscaron asombrados su desayuno; se habían olvidado de ellos.

—¿Dónde está el desayuno? —preguntó malhumorado el de en medio a la doméstica.

Ésta se puso el dedo sobre la boca y les hizo una seña apresurada y silenciosa de que se acercaran a la habitación de Gregor. Se aproximaron y, con las manos en los bolsillos de sus sacos algo gastados, anduvieron alrededor del cadáver de Gregor dentro de la habitación ya iluminada.

Se abrió entonces la puerta del dormitorio y apareció el señor Samsa vestido con su librea, la esposa tomada de un brazo y la hija del otro. Todos habían llorado un poco; Grete apretaba de cuando en cuando su cara contra el brazo del padre.

—¡Váyanse inmediatamente de mi casa! —dijo el señor Samsa señalando la puerta, sin soltar a las mujeres.

—¿En qué sentido lo dice? —habló el de en medio algo atónito y con una sonrisa dulzona.

Los otros dos mantenían las manos a su espalda y las frotaban de manera ininterrumpida entre sí, como en alegre expectativa de una gran pelea que iba a dirimirse en su favor.

—Lo digo exactamente en el sentido en que lo dije —respondió el señor Samsa y siguió en línea recta junto a sus dos acompañantes hacia donde estaba el inquilino.

Éste se quedó en principio callado y con la vista clavada en el suelo, como si las cosas se estuvieran reordenando en su cabeza.

—Entonces nos vamos —dijo luego y alzó la vista hacia el señor Samsa, como si en un ataque de humildad repentina exigiera incluso un nuevo permiso para esta decisión.

El señor Samsa sólo atinó a asentir rápido varias veces con los ojos muy abiertos. El inquilino se alejó entonces a grandes pasos hacia la antesala; sus dos amigos venían escuchando desde hacía un rato con las manos bien quietas y lo siguieron ahora a los saltos, como temiendo que el señor Samsa pudiera entrar antes que ellos a la antesala y perturbar la conexión con su líder. En la sala tomaron los tres sus sombreros del perchero, extrajeron sus bastones de la bastonera, se inclinaron en silencio y dejaron la vivienda. En un rapto de desconfianza que demostró ser totalmente infundada, el señor Samsa salió junto a las dos mujeres al vestíbulo. Inclinados sobre la baranda, observaron a los tres inquilinos bajando la larga escalera despacio, pero sin detenerse, desaparecían en cada piso por cierto recodo y volvían a aparecer de nuevo unos instantes más tarde. Cuanto más abajo llegaban, más se reducía el interés de la familia Samsa por ellos, y cuando pasó delante de ellos el dependiente de la carnicería, que subía con la carga sobre la cabeza en orgullosa postura, el señor Samsa y las mujeres dejaron la baranda y volvieron como aliviados a su casa.

Decidieron utilizar ese día para descansar e ir de paseo; no sólo se habían ganado esta pausa de trabajo, sino que la necesitaban sin falta. De modo que se sentaron a la mesa y escribieron tres justificaciones, el señor Samsa a la dirección, la señora Samsa al que le hacía los encargos y Grete al patrón de la tienda. Durante la redacción entró la doméstica para decir que se iba, pues había terminado con su trabajo matutino. Los tres escribientes asintieron sin levantar la mirada, aunque la alzaron molestos cuando la doméstica seguía sin alejarse.

—¿Pues bien? —preguntó el señor Samsa.

La doméstica se quedó sonriendo en la puerta, como si tuviera una noticia muy feliz que comunicarle a la familia, pero sólo lo haría si era interrogada a fondo. La pluma de avestruz, pequeña y casi recta, de su sombrero, que al señor

Samsa le venía molestando desde que entró al servicio, oscilaba ligeramente en todas direcciones.

—¿Qué es lo que quiere? —preguntó la señora Samsa, que era la persona a quien más respetaba la doméstica.

—Sí —contestó la doméstica y la sonrisa de felicidad no la dejó seguir hablando de inmediato—, o sea, en cuanto a cómo deshacerse de la cosa ahí de al lado, no tienen que preocuparse. Ya está hecho.

La señora Samsa y Grete se inclinaron hacia sus cartas, como si quisieran seguir escribiendo; el señor Samsa, que se dio cuenta de que la doméstica quería empezar a describir todo con lujo de detalles, lo rechazó decididamente con la mano extendida. Como no podía contarlo, se acordó del gran apuro que tenía y exclamó, a todas luces ofendida: "¡Adiós a todos!", giró violentamente y abandonó el departamento dando un portazo espantoso.

—En la tarde será despedida —dijo el señor Samsa, aunque sin recibir respuesta ni de su esposa ni de su hija, pues la doméstica parecía haber perturbado la paz recientemente adquirida.

Se levantaron, fueron hasta la ventana y se quedaron allí abrazadas. El señor Samsa giró en su silla hacia ellas y las observó en silencio durante un rato. Luego dijo:

—Vengan ya para aquí. Dejen las cosas pasadas de una buena vez. Y tengan también un poco de consideración conmigo.

Las mujeres obedecieron enseguida, se apresuraron a ir hacia él, le hicieron caricias y terminaron rápido con sus cartas.

Los tres abandonaron juntos el departamento, algo que hacía meses que no hacían, y viajaron en tranvía fuera de la ciudad. Un sol caluroso atravesaba de punta a punta el vagón en el que iban solos. Cómodamente recostados en sus asientos, conversaron sobre las perspectivas para el futuro y se encontraron con que no eran para nada malas, si se las estudiaba con atención, porque los puestos de los tres, sobre lo que en realidad no se habían interrogado mutuamente hasta el momento, eran ventajosos y muy prometedores. De momento, estaba claro que el progreso más grande en su situación debía derivar a un cambio de casa; querían una más pequeña y barata, pero mejor ubicada y en todo sentido más práctica que la actual, que había sido elegida por Gregor. Mientras conversaban de esta manera, el señor y la señora Samsa, viendo a su hija cada vez más animada, se dieron cuenta casi al unísono de que, en el último tiempo, pese a todos los cuidados que habían empalidecido sus mejillas, se había convertido en una muchacha bella y lozana. Guardando silencio y entendiéndose de modo casi inconsciente mediante miradas, pensaron que iba siendo hora de buscarle un buen esposo. Y al llegar a su destino, fue como una confirmación de sus nuevos sueños y buenas perspectivas cuando la hija fue la primera en levantarse y estiró su joven cuerpo.

EPÍLOGO

Años antes de escribir *La metamorfosis*, Franz Kafka ya había asentado la fantasía de verse transformado en insecto. "Echado en la cama, tengo la forma de un gran escarabajo", imagina Raban, el protagonista de "Preparativos de boda en el campo", el primer fragmento de texto largo del autor, que su albacea Max Brod data alrededor de 1907. Recién a fines de 1912, el sueño de Raban (convertirse en insecto lo liberaría de tener que casarse) se transforma en la pesadilla de Samsa. La actualización de la quimera fue doble, al parecer: en carta a Felice Bauer, la mujer con la que quería y a la vez temía casarse, Kafka cuenta que la idea del cuento le sobrevino mientras estaba echado en la cama, lamentándose.

Los lamentos respondían a que su novia postal no le escribía con la misma asiduidad insensata con que lo hacía él, pero también a la situación económica de su familia. La fábrica de asbesto de su cuñado, en cuya adquisición Kafka había sido involucrado a regañadientes, no marchaba nada bien, por lo que le habían pedido que sacrificara algunas tardes actuando allí de supervisor. Por primera vez lo intimaban no sólo sus padres, sino también su hermana Ottla, la única que hasta entonces había entendido y respetado su vocación literaria. Sintiéndose traicionado por completo, Kafka le envió a Brod una carta en la que jugaba con la idea de matarse. Su amigo se tomó muy en serio la fantasía, intercedió ante la madre de Kafka y logró que lo dispensaran de una tarea que, sumada a las que debía absorber en la compañía de seguros donde estaba empleado, lo hubiera privado hasta de las horas nocturnas que le ganaba al sueño para dedicarlas a escribir.

No obstante, el resentimiento caló hondo, como lo muestra la historia del viajante de comercio Gregor Samsa, sobre todo en la figura de Grete, que también en la ficción es la única que sabe lidiar con su nueva apariencia y, no obstante, termina traicionándolo. Kafka tenía la ilusión de quitarse de encima la historia en una sola noche, lo mismo que le había demandado ese otro ajuste de cuentas familiar que es "La condena", el primer cuento con el que el autor checo se mostraría conforme, precisamente por la circunstancia de haberlo escrito de un tirón. Pero la "pequeña historia" fue tomando cuerpo, lo obligó a pausar la redacción de su segunda novela, *El proceso*, y le demandó varias semanas, incluida una interrupción por un viaje de trabajo, a la que Kafka le terminaría adjudicando todos los defectos de escritura.

Lo cual no significa que no haya estimado *La metamorfosis* como digna de ser publicada. Por el contrario, hizo todo lo posible para que eso sucediera, incluyendo la humillación de aceptar el dinero de un premio literario cuyos laureles retuvo otro escritor. Justo por esto, en 1916, luego de haber estado a punto de ser incluida en una nueva colección dirigida por su admirador Robert Musil, el editor de sus libros anteriores se avino a mandar este nuevo a imprenta. Kafka le pidió entonces un único favor: de ninguna manera, "ni siquiera de lejos", debía representarse en la portada al bicho en que se transformaba el protagonista del libro.

El pedido refuerza la intuición de que, pese a todo su realismo y aun costumbrismo, *La metamorfosis* sería un relato alegórico, una gran metáfora hecha carne, lo que acaso justificaría la traducción latinizante de su título, que busca alinear la historia con las del célebre compendio de Ovidio. A fin de cuentas, Kafka no era ajeno a la reescritura de mitos, como lo demuestra magistralmente su versión del mito de Ulises, enfrentándose en su caso con tapones de cera a unas sirenas que no cantan. Y, muy a pesar del mito del escritor "menor" y torturado por sus propias inseguridades, las nuevas lecturas de su obra han demostrado que su literatura no carecía de ambiciones, antes bien buscaba medirse con los mayores exponentes de su lengua.

Tanto la lectura biográfica como la lectura erudita son naturalmente válidas y enriquecedoras. Así como resulta difícil ubicarse en la casa de Samsa sin conocer la de Kafka, no sólo en términos espaciales sino también familiares y aun sociales, nada se gana reduciendo la historia a una simple idea desacoplada de su tradición literaria, que engloba junto a las metamorfosis antiguas y modernas también el tema del doble.

Lo mismo ocurre, claro está, con las interpretaciones psicológicas, sobre todo si tenemos en cuenta que Kafka conocía las teorías freudianas, aun cuando no haya relacionado de manera explícita sus fantasías oníricas con ellas. En ese sentido, incluso las exégesis judaizantes de Brod, hoy ignoradas y aun desprestigiadas, contribuyeron a hacer de esta historia lo que llamamos un clásico, a la vez que ponen en evidencia un atributo indispensable de ese estatus, que es el de admitir y aun exigir análisis diversos.

Diversos y siempre renovados, pero algunos también invariables, como si a estos textos no les afectara el paso del tiempo, de tanto que se adelantaron al suyo o prefiguraron el por venir. El carácter terrorífico de *La metamorfosis* era evidente para Kafka mientras la estaba escribiendo ("¡Qué historia más extraordinariamente asquerosa!", le dice a Felice, a quien por eso nunca quiso leérsela), y lo cierto es que sigue siéndolo aún hoy, cuando el género vive una suerte de renacimiento. Sin embargo, este horror no está cifrado tan sólo en la fantasía zoomórfica, la primera de una larga serie en la que los animales protagonizan cuentos muy humanos, como "Josefina la cantora", "Informe para una academia", "Investigaciones de un perro" o "La madriguera". Lo de veras espeluznante aquí, como en casi todas las historias de Kafka, es su carácter irredimible: la trama no puede cambiar porque ya empieza en su punto de no retorno.

No hay *crescendo* en Kafka, ninguna paulatina transformación de una situación normal en otra que ya no lo es: siempre caemos de improviso en un mundo de hechos consumados que ya no se modificarán. Samsa nunca recuperará su cuerpo humano, del mismo modo que Josef K. nunca sabrá por qué lo han procesado, ni el agrimensor K. llegará al castillo en la novela respectiva. Sobre todo en los relatos de corte fantástico, esto resulta especialmente cruel, por constituir el reverso de lo que nos esperamos de una fábula o de un cuento de hadas, los géneros con que solemos relacionarlos y que por lo tanto moldean nuestras expectativas previas. Borges relacionó este pavor fatalista de la literatura de Kafka —acaso lo *kafkiano* sin más— con las paradojas estáticas de Zenón de Elea, revelando de algún modo no sólo el trasfondo filosófico que es posible encontrar en Kafka, sino también el matiz monstruoso que es capaz de esconder la filosofía.

Existe, con todo, un aspecto de *La metamorfosis*, y de la literatura de Kafka en general, en el que sólo desde hace poco se ha vuelto lícito detenerse, tal vez porque hasta ahora predominaba con demasiada fuerza este aspecto terrorífico de su prosa, o la carga algo psicótica de sus fantasías, o la biografía más bien desgraciada de su autor o, en fin, su estatus de escritor insigne, el más moderno de los clásicos. Pero esto último ya lo sabía Brod cuando su amigo aún estaba vivo, no por otra razón se ocupó desde muy temprano de guardar los textos que él descartaba y ni por un momento dudó, más tarde, en desoír su pedido postrero de quemar todas sus cosas después de su temprana muerte.

Otro indicio, tan anecdótico como significativo, de que Kafka estaba llamado a ser lo que acabó siendo, fue la aparición de una continuación de su relato en el mismo periódico de Praga en que antes se lo había publicado por partes, un homenaje que sólo acostumbran sufrir los textos antiguos y ya consagrados. Con el título de "La retrotransformación de Gregor Samsa", Karl Brand (seudónimo de Karl Müller) ensaya en este breve cuento una rectificación tranquilizadora de la fantasía de Kafka, en la que el bicho sobrevive dentro del basural donde termina la historia original y recupera su forma humana. Más allá de su desinterés literario, el relato de este joven admirador —que por cierto moriría de tuberculosis al año siguiente— adolece de un error insólito, tanto más si se lo toma por la suerte de parodia que intenta ser: su absoluta falta de sentido del humor.

Que era el aspecto al que queríamos llegar. Ni la lectura más afectada del cuento de Kafka —afectada por lo que sabemos de él antes aun de leerlo, por su estatus de clásico y por el destino bastante trágico de su autor— puede ignorar sus elementos cómicos, casi incongruentes con la gravedad del tema. Y si, en una segunda lectura, se presta atención sólo a este rasgo de estilo, hasta el horror inicial toma visos de comedia, una combinación nada ajena al género, por lo demás.

Tanto en la primera reacción de la familia, al ver el nuevo cuerpo de Gregor, como en las escenas posteriores que contemplan algo de acción, se puede apreciar el tono chaplinesco que Kafka ya había aplicado en su primera novela, *El desaparecido* (o *América*), continuación de *El fogonero* (su segundo pequeño libro) y tan inconclusa como las dos siguientes, que tampoco llegó a publicar. La escena de lucha con la nueva doméstica ya posee rasgos grotescos que le dan al relato la fuerza ilustrativa de un cómic.

No son momentos aislados. Los inquilinos que la familia Samsa se ve obligada a alojar para sostener su economía parecen tomados de las tragicomedias en idish que durante una época Kafka iba a ver con regularidad a teatros de mala muerte y luego comentaba extensamente en su diario íntimo. Estos tres hombres de barba, que en el fondo son uno solo, se corresponden con los personajes dobles que también animan las novelas de Kafka, prestándoles tanta comicidad que terminan por teñir de humor hasta las partes más angustiantes de las narraciones respectivas.

En la misma línea operan las ironías sutiles —es decir, amargas— con la figura del padre como blanco predilecto. El feliz descubrimiento de que el jefe de familia se había guardado un fondo de reservas, así como su asombrosa revitalización física cuando le toca salir una vez más a trabajar, le confieren a la visión del hijo, y con ella a toda la situación, una base socarrona que, si bien sería temerario poner por encima del sustrato trágico, no menos empobrecedor resultaría pretender que no tiene un gran peso en el tono general del cuento.

Por las cartas a Felice —es irónico que del autor que no quería que trascendieran ni sus textos creados para el público ahora tengamos a disposición hasta el material más íntimo—, sabemos que Kafka la pasó bastante bien escribiendo esta historia por las noches y que sobraron las risas en la velada en que al fin se la leyó a sus amigos. "Cuando Kafka leía sus cosas —amplía Brod este aspecto en la primera biografía que se publicó del autor checo— el humor se volvía especialmente evidente. El día en que por ejemplo nos leyó el capítulo inicial de *El proceso* nos desternillamos de la risa. Él mismo reía tanto que por momentos no podía seguir leyendo. Algo que no deja de sorprender, si pensamos en la terrible gravedad de ese capítulo".

Brod no minimiza el carácter inquietante de esta risa y de toda la prosa de Kafka, pero hace hincapié en lo que de lo contrario se olvida con facilidad, que es el tono vital y alegre, reflejo de una personalidad mucho menos oscura de lo que se podría imaginar. En todos los ensayos que le dedicó a Kafka, su amigo más íntimo y longevo insiste en que era todo menos la persona triste que creen vislumbrar los lectores, y hasta cifra en cambiar esa percepción su tarea de biógrafo.

Lo apoya en esta cruzada otra persona que conoció bien a Kafka, miembro de lo que Brod llamó, algo presuntuosamente, el "Círculo de Praga". Se trata del filósofo Felix Weltsch, que en su ensayo *Religion und Humor im Leben und Werk Franz Kafkas* se propone dejar en evidencia que "la atmósfera de su escritura es el humor". Los procedimientos de los que se vale Kafka para lograrlo, según el rápido conteo de Weltsch, son "la transposición burocrática" —gracias a la cual el mundo superior aparece como un gran aparato oficinesco de organización imprecisa—, las interpolaciones —que retardan la acción y privan a los personajes de cumplir con sus objetivos—, las exageraciones irreales —como en el caso de las diferentes metamorfosis— y, por último, las parejas de personajes que en realidad son uno.

Este último procedimiento es para Weltsch fundamental. En su opinión, la esencia del humorismo radica precisamente en dejar en evidencia la dualidad que subyace a las unidades presuntas, como la que establece Don Quijote entre su mundo de fantasía y el real. En Kafka, que comprende el humor en su función más profunda, la dualidad que subyace a la falsa unidad no sólo es reconocida sino también restablecida, como ocurre de manera fantástica con la del cuerpo y el alma en *La metamorfosis*. Sin embargo, y en esto radicaría lo religioso, Kafka no pierde de vista esa unidad como objetivo último.

"Que la literatura de Kafka está llena de humor, que cada uno de sus pensamientos respira humor —dice Weltsch en este olvidado ensayo, incorporado por Brod a uno de sus varios libros sobre Kafka—, es algo que no se le puede escapar a nadie, pese al clima sombrío. Claro que no son chistes o pequeñas bromas, sino un humor grave, muy grave, podría decirse, un humor que se toma en serio la dualidad mediante la ridiculización de su unidad superficial".

Al menos desde que la monumental biografía de Reiner Stach cambió la imagen que teníamos de Kafka, se ha vuelto de buen tono destacar este humor. César Aira, por caso, llega a comparar *La metamorfosis* con una comedia de televisión: "Su mecanismo no difiere del de *Alf* o *Mister Ed* o cualquiera de esas pueriles diversiones que surgen de introducir un elemento extraño en la menos extraña de las situaciones".

Es interesante, sin embargo, que los primeros en destacar el trasfondo humorístico en Kafka —Walter Benjamin se lamentaba, en privado, de no haberlo detectado en sus reseñas públicas— sean también los que aboguen por una lectura religiosa de sus textos —y esto incluye, a su manera, la de David Foster Wallace en *Hablemos de langostas*—. Eso responde a que no caen en el prejuicio de que lo humorístico es banal y por lo tanto no puede aspirar a trascender, lo que deriva en que la crítica tienda a pasar por alto su presencia, por miedo a incurrir en una falta de respeto con un texto que pertenece al selecto grupo de los clásicos.

Nada más injusto, no sólo con una obra literaria, en la que es tan difícil ejercer la ironía y la sátira, sino también con nuestra propia capacidad de reírnos de nosotros mismos, sobre todo de (y en) la desgracia. Immanuel Kant decía que la risa es la transformación repentina de una tensa espera en nada y quizás ésa sea la única salida que nos ofrece Kafka a los laberintos oníricos en los que, sin saber cómo ni por qué razón, despertamos cada vez que lo leemos.

ARIEL MAGNUS

Franz Kakfa

Franz Kafka nació el 3 de julio de 1883 en Praga (hoy República Checa) y falleció el 3 de junio de 1924 en Kierling (Austria). Nacido en el seno de una próspera familia de clase media judía, se convierte en el hijo mayor de la familia tras la muerte de sus dos hermanos, posición de responsabilidad que siempre le pesará; aunque su gran conflicto familiar fue siempre la sombra castrante de su padre, que no vio en él más que un fracasado y que nunca apoyó su faceta literaria. Más allá de eso, el origen de la desesperación de Kafka, que se refleja en toda su obra, reside en una sensación de aislamiento ante la sociedad y ante el concepto de divinidad.

En vida, apenas se publicaron unos pocos escritos suyos, entre los que destaca *La metamorfosis* (1915). Quizá, la única persona que entendió y recibió toda su confianza fuera su amigo Max Brod, a quien debemos que su obra no fuera destruida, como había sido la voluntad del propio autor. Brod, ejerciendo como su albacea literario, publicó, entre otras, las novelas *El proceso* (1925), *El castillo* (1926) y *El desaparecido* (1927).

Muchas de las fábulas de Kafka utilizan el recurso de lo normal con lo fantástico. Así, en *La metamorfosis*, el protagonista, Gregor Samsa, se despierta transformado en un insecto monstruoso y repulsivo. Su destino es la muerte, no sólo por la vergüenza y abandono de su familia, sino por la propia desesperación culpable de Samsa.

En el momento de su muerte, Kafka sólo era apreciado por un pequeño círculo literario. La fama póstuma tuvo lugar primero en Francia y los países de habla inglesa durante el régimen de Adolf Hitler, en el mismo momento en que las tres hermanas de Kafka fueron deportadas y asesinadas en campos de concentración. Después de 1945, Kafka fue redescubierto en Alemania y Austria y comenzó a influir en la literatura alemana. En la década de 1960, esta influencia se volvió global y se extendió incluso a la vida intelectual, literaria y política del lugar de nacimiento de Kafka, lo que se había convertido en la Checoslovaquia comunista. Hoy día se reconoce unánimemente que se trata de uno de los escritores más influyentes y estudiados de la literatura universal.

«Definió un nuevo camino para mi vida desde la primera línea... Al terminar su lectura me quedaron las ansias irresistibles de vivir en aquel paraíso lejano». Gabriel García Márquez

ÍNDICE

Jan Robert Dünnweller (Colonia, 1984) estudió Diseño Industrial y
Comunicación Visual en Linz, Austria; en Estambul, Turquía, y en
la Universidad Bauhaus de Weimar, Alemania. Ha trabajado como
ilustrador para clientes como *The New Yorker, The New York Times,
Die Zeit, 032c,* Apple, Rimowa y Bavarian State Opera. Imparte
clases y talleres ocasionalmente en las áreas de dibujo e ilustración
conceptual. Vive con su familia en el sur de Alemania.

Carles Murillo (Barcelona, 1980), diseñador gráfico independiente
especializado en diseño editorial y dirección de arte, ha sido el
encargado de desarollar el concepto gráfico y el diseño de la
colección Clásicos de Gran Travesía, así como de este volumen.

Para esta edición se han usado las tipografías **Century Expanded**
(Linotype, Morris Fuller Benton y Linn Boyd Benton)
y **Supreme LL** (Lineto, Arve Båtevik).

Esta obra se imprimió y encuadernó en el mes de mayo de 2023,
en los talleres de Egedsa, que se localizan en
la calle Roís de Corella, 12-16, nave 1,
C.P. 08205, Sabadell (España).